【中国人格读库】

国家新闻出版广电总局
培育和践行社会主义核心价值观主题出版重点出版物

梁启超爱国诗文选

高占祥　主编

董雁南　编

北京时代华文书局

图书在版编目（CIP）数据

梁启超爱国诗文选 / 董雁南编 . — 北京：北京时代华文书局，2015.12（2022.3重印）

（中国人格读库 / 高占祥主编）

ISBN 978-7-5699-0698-1

Ⅰ．①梁… Ⅱ．①董… Ⅲ．①诗集－中国－近代②散文集－中国－近代

Ⅳ．① I215.2

中国版本图书馆 CIP 数据核字（2015）第 301089 号

梁启超爱国诗文选
LIANG QICHAO AIGUO SHIWENXUAN

主　　编｜高占祥

编　　者｜董雁南

出 版 人｜陈　涛

责任编辑｜邢　楠

装帧设计｜程　慧　赵芝英

责任印制｜訾　敬

出版发行｜北京时代华文书局 http://www.bjsdsj.com.cn

北京市东城区安定门外大街138号皇城国际大厦A座8楼

邮编：100011　电话：010-64267955　64267677

印　　刷｜三河市嵩川印刷有限公司　0316-3650395

（如发现印装质量问题，请与印刷厂联系调换）

开　　本｜787mm×1092mm　1/16　印　张｜10　字　数｜111千字

版　　次｜2016年1月第1版　印　次｜2022年3月第2次印刷

书　　号｜ISBN 978-7-5699-0698-1

定　　价｜38.00元

社会主义核心价值观与中国人格

周殿富

　　社会主义制度在中国已经建立了六十余年，而我们党则在本世纪初叶提出了培育弘扬社会主义核心价值观的重大课题，显然是其来有自。

　　社会主义的道德风尚在新中国蔚然兴起，曾经那样地风靡于二十世纪中叶。邓小平同志曾经在改革开放中讲过，当年"这种风气不仅是中国历史上从来没有过的，而且受到了世界人民的赞誉"。然而可惜的是，这个在社会主义制度建立与实践中，同步兴起的社会主义道德风尚的成长道路，却是一波四折。半个多世纪以来，它先是与共和国一道遭受了十年"文革"的浩劫；接着便是全党工作重心转移到改革开放进程中，欧风美雨"里出外进"的浸洗濡染；再接着是西方"和平演变"在东欧得手的强烈震荡与冲击；最后又是市场经济中那两只"看不见的手"在搅动着、嬗变着人们的价值取向。至少在国民中出现了价值观上的多层次化，传统美德的弱化，社会道德文明水准的退化，光荣革命传统的淡化，这也许正是中央在本世纪初提出社会主义核心价值观的原因吧。

不管怎么"变"，怎么"化"，当我们回首来时路，却不能不说，中华民族真的很强大，很值得骄傲。人类经历了几千年的文明进程，堪称世界文化之源的"五大文明古国"，其他四大古国文明都已被历史淘汰灭亡，只有中国成了唯一的延续存在。近现代即使那般的积贫积弱，被西方列强豆剖瓜分、弱肉强食，想亡我中华都不可能，就连最强大的美帝国主义，最凶残的日本军国主义都成为我们的手下败将，而且打出了一个新中国，且跨过整整一个历史阶段，直接进入了社会主义。西方敌对势力几十年不遗余力地对新中国百般围剿，"冷战""热战""和平演变"手段用尽，连如此强大的前苏联乃至整个苏东阵营都被瓦解了，而社会主义的旗帜仍旧在960万平方公里的土地上高高飘扬，而且昂首挺胸地屹立在世界的东方，中国真的是太强大了。几十年来的瞩目成就，竟然令西方发出了"中国威胁论"。你管他别有用心也好，言过其实也好，总比让别人说我们是"瓷器"，是"东亚病夫"好吧？1840~1949年的一百零九年间，中国尽受别人的欺负、"威胁"了，我们也能让那些昔日列强有点"威胁感"，又有什么不好？更何况这是他们自己说的啊！我们并没吹嘘，也没有去做。几千年来我们侵略过谁呢？"反战""非攻""兼相爱，交相利"，中国古有墨子，近有周恩来、邓小平同志。这也是中华民族固有传统美德的延续吧！

生于忧患，死于安乐，这也当是中华民族的一个传统美德吧？几十年来尽管中国如此繁荣兴旺，但从邓小平生前一直到党的"十八大"以来，无论哪一届中央领导集体，从来都没有忘记过国之忧患。忧在何处，患在何处呢？

二十世纪八十年代末，邓小平同志曾经在半年的时间内四次提到：中国改革开放十年最大的失误在教育，在"对青年的政治思想教育抓得不够""对人民的教育不够"，足见他的痛心疾首。他晚年时又提到了"国格"与"人格"的问题，讲道："谈到人格，但不要忘记还有一个国格。特别是像我们这样第三世界的发展中国家，没有民族自尊心，不珍惜自己民族的独立，国家是立不起来的。"

（精装版《邓小平文选》第3卷331页。）

人们很少注意到邓小平的这一段话，但邓小平恰恰是在这里把"国格""人格"提升到了事关"立国"的高度。

那么，什么是我们社会主义的"国格"呢？邓小平讲得很明白："民族自尊心""民族的独立"。

新中国一路走来，我们最大的尊严便是完全靠"自力"，靠"艰苦奋斗"，而达"更生"之境。对西方敌对势力的"冷战""热战""和平演变"，我们何曾有过屈服？也正是在这一前提下，我们才有真正的"民族独立"。这就是我们的国格。那么什么是我们中国人的人格呢？邓小平同志在这里没有讲，但他在1978年4月22日召开的全国教育工作会议上的讲话中，在讲到我们的教育培养目标时，至少提到与社会主义人格相关的各个方面：革命的理想，共产主义的品德，勤奋学习，严守纪律，艰苦奋斗，努力上进，爱祖国，爱人民，爱劳动，爱科学，爱护公共财产，助人为乐，英勇对敌，集体主义精神，专心致志地为人民工作，等等。这里的哪一条不属于社会主义人格的范畴呢？

2006年党的十六届三中全会，第一次提出了"建设社会主义核心价值体系"的历史性命题和战略任务。2007

年，胡锦涛同志在"6·25"讲话中又具体提出这个"体系"包括四个方面的内容：①马克思主义的指导思想；②中国特色社会主义共同理想；③以爱国主义为核心的民族精神和以改革创新为核心的时代精神；④社会主义荣辱观。这四个方面，一是信仰，二是理想，三是精神，四是道德文明，哪一个不在社会主义人格的范畴之内呢？党的十七届六中全会又提到了社会主义核心价值体系是"兴国之魂"。

2012年11月，在党的"十八大"上又用"三个倡导"把社会主义核心价值观概括为十二项：①倡导富强、民主、文明、和谐；②倡导自由、平等、公正、法制；③倡导爱国、敬业、诚信、友善。而且中办文件又把这"三个倡导"分为三个层面：第一个"倡导"的四项，是国家层面的价值目标；第二个"倡导"的四项，是社会层面的价值取向；第三个"倡导"的四项，是公民个人层面的价值准则。实际上前两个"倡导"的八项都是属于"国格"范畴，而第三个"倡导"是属于"人格"范畴。

那么，我们怎样才能在前面讲到的那些历史嬗变中培育建构起这个"核心价值观"呢？中共中央政治局的第十三次集体学习，似乎很明确地回答了这个问题。

新华社北京2014年2月25日电讯称：中央政治局在2月24日，以弘扬社会主义核心价值观，弘扬中华传统美德为内容，进行了集体学习，习近平总书记在主持学习时强调：

培育和弘扬社会主义核心价值观必须立足中华优秀传统文化。牢固的核心价值观，都有其固有的根本。抛弃传统、丢掉根本，就等于割断了自己的精神命脉。博大精深的中国优秀传统文化是我们在世界文化激荡中落稳脚跟的根基。中华文化源远流长，积淀着中华民族最深层的精神追求，代表着中华民族独特的精神标识，为中华民族生生不息、发展壮大提供了丰厚滋养。中华传统美德是中华文化精髓，蕴含着丰富的思想道德资源。不忘本来才能开辟未来，善于继承才能更好创新。对历史文化特别是先人传承下来的价值理念和道德规范，要坚持古为今用、推陈出新，有鉴别地加以对待，有扬弃地予以继承，努力用中华民族创造的一切精神财富来以文化人，以文育人。

习近平总书记的这段论述相当精辟，对于如何培育建构社会主义核心价值观问题从四个方面剀切明白。

第一，他明确指出要在中华优秀传统文化的基础上，来构造我们的社会主义核心价值观，而不能割断历史。这一条十分重要，否则我们便会失去我们的本来面目，便会成为无源之水，也就无法走向未来。

第二，指出了中华传统美德是中华文化精髓，蕴含着丰富的思想道德资源。这就为我们揭示了社会主义核心价值观，要以弘扬优秀的中华传统美德为基础。

第三，他指出，对传统文化在扬弃中继承，在继承中创新。这就是说，社会主义核心价值观的内涵，既要有优良传统的文化精神，也要有时代精神，是二者的有机结合。

第四，他指出要用中华民族创造的一切精神财富，来化人育人。这就是说，弘扬中华民族文化，并不只是传承儒学那些道统，而是要弘扬全民族共创的优秀传统文化。同时也就是说，培育、弘扬社会主义核心价值观的根本目的是化民、育人。

尤其值得瞩目的是，习近平总书记在这次讲话中提到了一个"中华民族独特的精神标识"问题，而在同年的全国组织部长会议上又提出我们再也不能以GDP论英雄的思想。让人欣慰的是，思想道德文化建设终于被提升到一个民族的标识地位，这至少表明中国人的思想观念，并不落伍于世界潮流。

并不受人欢迎的亨廷顿生前给他的祖国提出的警示忠告，竟是如何弘扬他们没有多少历史和文化的"传统文化"："盎格鲁新教精神——美国梦"，以此为国家的"文化核心"问题。他讲道："在一个世界各国人民都以文化来界定自己的时代，一个没有文化核心而仅仅以政治信条来界定自己的社会，哪有立足之地？"所以，他提醒他无限忠于的祖国，一定要巩固发扬他们自入居北美以来，在新教精神基础上形成的"美国梦"理念的"文化核心"地位，这样才能消解这个国家的民族与文化双重多元化的危机。为此，他甚至预言美国弄不好会在本世纪中叶发生分裂。而且他公开预言不列颠大英帝国也会因民族与文化多元化的问题，导致在本世纪上半期发生分裂。

西方的一些专家学者们也十分强调国家民族文化的地位问题，柏克说："全世界的人根据文化上的界限来区分自己。"丹尼尔同样说："保守地说，真理的中心在于，对一个社会的成功起决定作用的是文化，而不是政治。开明地说，真理的中心在于，政治可以改变文化，使文化免于沉沦。"这些语言也可能有它们的局限性与某种非唯物性，但至少可以让我们看到那些发达的资本主义国家在想什么，至少与马克思主义经典作家们，关于意识形态并不总是消极被动地接受它的经济基础的论断并不相悖。

中国显然具有世界上最悠久的民族文化，同时显然也拥有世界上最强大的政治优势。新中国包括它直接进入社会主义的经济形态，以及其后的一次次经济变革，哪一次不是靠政治力量在强力推动呢？它当然同样拥有让我们几千年的民族文化"免于沉沦"的能力。有学人认为我们的民族文化早就被以往一次次的历史性灾难割裂了，这个看法显然都是毫无道理的。但我们当下却确实面临着"两个传统"失传失统的危险。中国的传统文化与优秀的民族美德，在当代国民中还有多少传承？老一代中国共产党人用生命与鲜血铸就的光荣革命传统，在党内还有多少"光大"？我们现在全民族的"核心文化"到底在何处？"社会主义核心价值观"的提出不仅符合世界潮流，也是使我们优秀的民族文化得以传承而不发生历史断裂的根本保证。富和强永远都不是一个民族的标志，哪个国家不可以富，不可以强？但能代表中国"这一个"本来面目，具有自己民族特色的，唯有中华民族的文化，能代表中国人形象的只有中国独具的道德人格。什么是人格？人格就是原始戏剧中不同角色的本来面目。

　　综上所述，我们是不是可以这样认为，社会主义核心价值观应内含如下的成分：中华民族传统文化中的优秀传统美德；中国人民近现代反帝反侵略反封建的爱国主义、斗争精神与中国共产党领导下形成的几十年光荣革命传统；中国化了的马克思主义有中国特色社会主义的共同理想；与"中国梦"远大目标相适应的时代精神。由这些内涵构成的社会主义核心价值观，用它来干什么呢？用习近平总书记的话来说就是"化人""育人"，把它再具体化一下，无非是打造能体现中华民族特色，代表中国形象的国格、人格。在思想道德层面上，一个国家的民族精神也只有在人的身上才能体现，所以我们依据社会主义核心价值观的基本要求，针对当代青少年的实际情况，策划了《中国人格读库》这样一套大型系列选题。

　　本套书承蒙全国少工委、中华文化促进会、团中央中国青年网三家共同主办推广，并积极提供书稿。难得高占祥老前辈热情出任该套书的编委主任，且高占祥同志不辞屈就加盟主创作者队伍。一些大学、中学教师与青年作者也积极加盟此套书的编写。该选题被国家新闻广电出版总局列为2014年全国社会主义核心价值观重点选题，在此一并鸣谢。

希望本套书的出版能为社会主义核心价值观的培育与弘扬，为促进青少年的道德人格养成起到积极的作用。欢迎广大读者与作家对不足之处批评教正，多提宝贵建议与指导意见。

谨以此代出版前言并序。

二〇一四年十月
于北京时代华文书局

目录

文章部分

诗词部分

水调歌头

拍碎双玉斗，慷慨一何多。

满腔都是血泪，无处着悲歌。

三百年来王气，满目山河依旧，人事竟如何？百户尚牛酒，四塞已干戈。

千金剑，万言策，两蹉跎。

醉中呵壁自语，醒后一滂沱。

不恨年华去也，只恐少年心事，强半为销磨。

愿替众生病，稽首礼维摩。

浪淘沙

燕子旧人家，枨触年华。

锦城春尽又飞花。

不是浔阳江上客，休听琵琶。

轻梦怕愁遮，云影窗纱。

一天浓絮太亏他。

镇日飘零何处也，依旧天涯。

贺新郎

昨夜东风里。

忍回首、月明故国，凄凉到此。

鹑首赐秦寻常梦，莫是钧天沈醉。

也不管、人间憔悴。

落日长烟关塞黑，望阴山铁骑纵横地。

汉帜拔，鼓声死。

物华依旧山河异。

是谁家、庄严卧榻，尽伊鼾睡。

不信千年神明胄，一个更无男子。

问春水、干卿何事？我自伤心人不见，访明夷别有英雄泪。

鸡声乱，剑光起。

纪事二十四首

（其一）

颇愧年来负盛名，天涯到处有逢迎。

识荆说项寻常事，第一相知总让卿。

（其二）

目如流电口如河，睥睨时流振法螺。

不论才华论胆略，鬓眉队里已无多。

（其三）

青衫红粉讲筵新，言语科中第一人。

座绕万花听说法，胡儿错认是乡亲。

（其四）

眼中直欲无男子，意气居然我丈夫。

二万万人齐下拜，女权先到火奴奴。

（其五）

眼中既已无男子，独有青睐到小生。

如此深恩安可负，当筵我几欲卿卿。

（其六）

卿尚粗解中行颉，我惭不识左行佉。

奇情艳福天难妒，红袖添香对译书。

（其七）

惺惺含意惜惺惺，岂必圆时始有情。

最是多欢复多恼，初相见即话来生。

（其八）

甘隶西征领右军，几凭青鸟致殷勤。
舌人不惜为毛遂，半为宗都半为君。

（其九）

我非太上忘情者，天赐奇缘忍能谢。
思量无福消此缘，片言乞与卿怜借。

（其十）

匈奴未灭敢言家，百里行犹九十赊。
怕有旁人说长短，风云气尽爱春华。

（其十一）

后顾茫茫虎穴身，忍将多难累红裙。
君看十万头颅价，遍地鉏麑欲噬人。

（其十二）

一夫一妻世界会，我与浏阳实创之。
尊重公权割私爱，须将身作后人师。

（其十三）

含情慷慨谢婵娟，江上芙蓉各自怜。

别有法门弥阙陷，杜陵兄妹亦因缘。

（其十四）

郤服权奇女丈夫，道心潭粹与人殊。

波澜起落无痕迹，似此奇情古所无。

（其十五）

华服盈盈拜阿兄，相从谭道复谈兵。

尊前恐累风云气，更谱军歌作尾声。

（其十六）

昨夜闺中远寄诗，殷勤劝进问佳期。

绿章为报通明使，那有闲情似旧时。

（其十七）

珍重千金不字身，完全自主到钗裙。

他年世界女权史，应识支那大有人。

（其十八）

匆匆羽檄引归船，临别更悭一握缘。

今生知否能重见，一抚遗尘一惘然。

（其十九）

襄译佳人奇遇成，每生游想涉空冥。

从今不羡柴东海，枉被多情惹薄情。

（其二十）

鸾飘凤泊总无家，惭愧西风两鬓华。

万里海槎一知己，应无遗恨到天涯。

（其二十一）

猛忆中原事可哀，苍黄天地入蒿莱。

何心更作喁喁语，起趁鸡声舞一回。

（其二十二）

人天去住两无期，啼鴃年芳每自疑。

多少壮怀偿未了，又添遗憾到蛾眉。

（其二十三）

怜余结习销难尽，絮影禅心不自由。

昨夜梦中礼天女，散花来去著心头。

（其二十四）

万一维新事可望，相将携手还故乡。

欲悬一席酬知己，领袖中原女学堂。

台湾竹枝词

（其一）

韭菜花开心一枝，花正黄时叶正肥。

愿郎摘花连叶摘，到死心头不肯离。

（其二）

相思树底说相思，思郎恨郎郎不知。

树头结得相思子，可是郎行思妾时？

（其三）

手握柴刀入柴山，柴心未断做柴攀。

郎自薄情出手易，柴枝离树何时还。

（其四）

郎搥大鼓妾打锣，稽首天西妈祖婆。

今生够受相思苦，乞取他生无折磨。

（其五）

绿阴阴处打槟榔，蘸得蒟酱待劝郎。

愿郎到口莫嫌涩，个中甘苦郎细尝。

（其六）

教郎早来郎恰晚，教郎大步郎宽宽。

满拟待郎十年好，五年未满愁心肝。

壮别

（其一）

丈夫有壮别，不作儿女颜。

风尘孤剑在，湖海一身单。

天下正多事，年华殊未阑。

高楼一挥手，来去我何难。

（其二）

狂简今犹昔，裁成意苦何？

辙环人事瘁，棒喝佛恩多。

翼翼酬衣带，冥冥慎网罗。

图南近消息，为我托微波。

（其三）

赫赫皇华记，凄凄去国吟。

出匡恩未报，赠缟爱何深。

重话艰难业，商量得失林。

只身浮海志，使我忆松阴。

（其四）

第一快心事，东来识此雄。

学空秦火后，功就楚歌中。

大陆成争鹿，沧瀛蛰老龙。

牛刀勿小试，留我借东风。

（其五）

孕育今世纪，论功谁萧何？

华拿总馀子，卢孟实先河。

赤手铸新脑，雷音殄古魔。

吾侪不努力，负此国民多。

自励

（其一）

平生最恶牢骚语，作态呻吟苦恨谁。

万事祸为福所倚，百年力与命相持。

立身岂患无余地，报国惟忧或后时。

未学英雄先学道，肯将荣瘁校群儿。

（其二）

献身甘作万矢的，著论求为百世师。

誓起民权移旧俗，更挈哲理牖新知。

十年以后当思我，举国犹狂欲语谁。

世界无穷愿无尽，海天寥廓立多时。

志未酬

志未酬，志未酬，问君之志几时酬？

志亦无尽量，酬亦无尽时。

世界进步靡有止期，吾之希望亦靡有止期。

众生苦恼不断如乱丝，吾之悲悯亦不断如乱丝。

登高山复有高山，出瀛海复有瀛海。

任龙腾虎跃以度此百年兮，所成就其能几许？

虽成少许，不敢自轻，不有少许兮，多许奚自生。

但望前途之宏廓而寥远兮，其孰能无感于余情。

吁嗟乎，男儿志兮天下事，但有进兮不有止，言志已酬便

无志。

金缕曲

瀚海飘流燕。乍归来、依依难认，旧家庭院。惟有年时芳侣在，一例差池双剪。相对向、斜阳凄怨。

欲诉奇愁无可诉，算兴亡、已惯司空见。忍抛得，泪如线。

故巢似与人留恋。最多情、欲黏还坠，落泥片片。

我自殷勤衔来补，珍重断红犹软。又生恐、重帘不卷。十二曲阑春寂寂，隔蓬山、何处窥人面？休更问，恨深浅。

读陆放翁集

（其一）

诗界千年靡靡风，兵魂销尽国魂空。

诗中什九从军乐，亘古男儿一放翁。

（其二）

辜负胸中十万兵，百无聊赖以诗鸣。

谁怜爱国千行泪，说到胡尘意不平。

（其三）

叹老嗟卑却未曾，转因贫病气崚嶒。

英雄学道当如此，笑尔儒冠怨杜陵。

（其四）

朝朝起作桐江钓，昔昔梦随辽海尘。

恨杀南朝道学盛，缚将奇士作诗人。

去国行

呜呼济艰乏才兮，儒冠容容。

倭头不斩兮，侠剑无功。

君恩友仇两未报，死于贼手毋乃非英雄。

割慈忍泪出国门，掉头不顾吾其东。

东方古称君子国，种族文教咸我同。

尔来封狼逐逐磨齿瞰西北，唇齿患难尤相通。

大陆山河若破碎，巢覆完卵难为功。

我来欲作秦廷七日哭，大邦犹幸非宋聋。

却读东史说东故，卅年前事将毋同。

城狐社鼠积威福，王室蠹蠹如赘痈。

浮云蔽日不可扫，坐令蝼蚁食应龙。

可怜志士死社稷，前仆后起形影从。

一夫敢射百决拾，水户萨长之间流血成川红。

尔来明治新政耀大地，驾欧凌美气葱茏。

旁人闻歌岂闻哭，此乃百千志士头颅血泪回苍穹。

吁嗟乎！男儿三十无奇功，誓把区区七尺还天公。

不幸则为僧月照，幸则为南洲翁。

不然高山蒲生象山松荫之间占一席，守此松筠涉严冬，坐待春回终当有东风。

吁嗟乎！古人往矣不可见，山高水深闻古踪。

潇潇风雨满天地，飘然一身如转蓬，披发长啸览太空。

前路蓬山一万重，掉头不顾吾其东。

寄赵尧生侍御以诗代书

山中赵邠卿，起居复何似？去秋书千言，短李为我致，

坐客睹欲夺，我怒几色市；比复凭罗隐，寄五十六字，

把之不忍释，浃旬同卧起。稽答信死罪，惭报亦有以：

昔岁黄巾沸，偶式郑公里；岂期姜桂性，遽撄魑魅忌；

青天大白日，横注射工矢。公愤塞京国，岂直我发指。

执义别有人，我仅押纸尾。怪君听之过，喋喋每挂齿，

谬引汾阳郭，远拯夜郎李。我不任受故，欲报斯辄止。

复次我所历，不足告君子。自我别君归，嘐嘐不自揆，

思奋躯尘微，以救国卵累，无端立人朝，月躔迅逾纪。

君思如我戆，岂堪习为吏。自然枘入凿，窘若磨旋螘。

默数一年来，至竟所得几，口空瘏罪言，骨反销积毁。

君昔东入海，劝我衹慎趾，戒我坐垂堂，历历语在身。

由今以思之，智什我岂翅。坐是欲有陈，操笔则颡泚。

今我竟自拔，遂我初服矣。所欲语君者，百请述一二：

一自系鞄解，故业日以理，避人恒兼旬，深蛰西山阯。
冬秀餐雪桧，秋艳摘霜柿。曾踏居庸月，眼界空夙滓；
曾饮玉泉水，冽芳沁疴脾。自其放游外，则溺于文事，
乙乙蚕吐丝，汩汩蜡泫泪，日率数千言，今略就千纸。
持之以入市，所易未甚菲。苟能长如兹，馁冻已可抵。
君常忧我贫，闻此当一喜。去春花生日，吾女既燕尔，
其婿凤嗜学，幸不橘化枳。两小今随我，述作亦斐亹。
君诗远垂问，纫爱岂独彼。诸交旧踪迹，君倘愿闻只：
罗癭跌宕姿，视昔且倍蓰，山水诗酒花，名优与名士，
作史更制礼，应接无停晷，百凡皆芳洁，一事略可鄙，
索笑北枝梅，楚璧久如屣；曾蛰蛰更密，足已绝尘轨，
田居诗十首，一首千金值，蛰庵躬耕而丧其赀丰岁犹调饥，
骞举义弗仕，眼中古之人，惟此君而已；彩笔江家郎，
翙云在官我肩比，金玉兢自保，不与俗波靡，近更常为诗，
就我相砻砥，君久不见之，见应刮目视。三子君所笃，
交我今最挚。陈徵宇林宰平黄孝觉黄哲维梁众异，
旧社君同气，而亦皆好我，襟抱互弗閟；
更二陈弢阉、石遗一林畏庐，老宿众所企，吾间一诣之，
则以一诗贽；其在海上者，安仁潘若海嘻憔悴，
顾未累口腹，而或损猛志；孝侯周孝怀特可哀，
悲风生陟岵，君曾否闻知，备礼致吊诔。此君孝而愚，
长者宜督誉。凡兹所举似，君或谂之备，欲慰君索居，

词费兹毋避。大地正喋血，毒螫且潜沸，一发之国命，
懔懔驭朽辔。吾曹此馀生，孰审天所置，恋旧与伤离，
适见不达耳。以君所养醇，宜夙了此旨；故山两年间，
何藉以适己？篋中新诗稿，曾添几尺咫？其他藏山业，
几种竟端委？酒量进抑退？抑遵昔不徒？或言比持戒，
我意告者诡，岂其若是怒，辜此郫筒美；所常与钓游，
得几园与绮？门下之俊物，又见几骐骊？健脚想如昨，
较我步更驶，峨眉在户牖，贾勇否再儳？琐琐此问讯，
一一待蜀使。今我寄此诗，媵以欧战史，去腊青始杀，
敝帚颇自意，下酒代班籍，将弗笑辽豕；尤有亚匏集，
我嗜若脍截，谓有清一代，三百年无比，我见本井蛙，
君视为然否？我操兹豚蹄，责报乃无底：第一即责君，
索我诗瘢痏，首尾涂乙之，益我学根柢；次则昔癸丑，
禊集西郊沚，至者若而人，诗亦杂瑾玭，丐君补题图，
贤者宜乐是；复次责诗卷，手写字栉比，凡近所为诗，
不问近古体，多多斯益善，求添吾弗耻；最后有所请，
申之以长跪，老父君夙敬，生日今在迩，行将归称觞，
乞宠以巨制，乌私此区区，君义当不诿。浮云西南行，
望中蜀山紫，悬想诗到时，春已满杖履，努力善眠食，
开抱受蕃祉，桃涨趁江来，竚待剖双鲤，岁乙卯人日，
启超拜手启。

赠别郑秋蕃兼谢惠画

鲁屏漆室泣，周蠧嫠纬悲，谋国自有肉食辈，干卿甚事，胡乃长叹而累欷？覆巢之下无完卵，智者怵惕愚者嬉，天下兴亡各有责，今我不任谁贷之。

吾友荥阳郑秋子，志节卓荦神嶻崎，热心直欲炉天地，视溺己溺饥己饥。

少年学书更学剑，顾盼中原生雄姿，此才不学万人敌，大隐于市良自嗤。

一槎渡海将廿载，纵横商战何淋漓，眼底骈罗世界政俗之同异，脑中孕含廿纪思想之瑰奇。

青山一发望故国，每一念至魂弗怡，不信如此江山竟断送，四百兆中无一是男儿。

去年尧台颁衣带，血泪下感人肝脾，义会不胚走天下，日所出入咸闻知。

君时奋臂南天隅，毁家纾难今其时，悲歌不尽铜驼泪，魂梦从依敬业旗。

誓拯同胞苦海苦，誓答至尊慈母慈，不愿金高北斗寿东海，但愿得见黄人捧日、崛起大地、而与彼族齐骋驰。

我渡赤道南，识君在雪黎，貌交淡于水，魂交浓如饴。

风云满地我行矣，壮别宁作儿女悲。

知君有绝技，余事犹称老画师。

君画家法兼中外，蹊径未许前贤窥；我昔倡议诗界当革命，狂论颇颃作者颐。

吾舌有神笔有鬼，道远莫致徒自嗤；君今革命先画界，术无与并功不訾。

我闻西方学艺盛希腊，实以绘事为本支，尔来蔚起成大国，方家如鲫来施施。

君持何术得有此，方驾士蔑凌颇离，英人阿利华士蔑，近世最著名画师也。

希腊人颇离奴特，上古最著名画师也。

一缣脱稿列梳会，君尝以所画寄陈博览会，评赏列第一云。

博览会西名曰益士彼纯，又名曰梳。

万欧谓欧罗巴人也。

喷喷惊且咍，乃信支那人士智力不让白皙种，一事如此他可知。

我不识画却嗜画，悉索无屡良贪痴，五日一水十日石，君之惠我无乃私。

棱棱神鹰分历历港屿，君所赠余画，一为飞鹰搏鸦图，一为雪港归舟图，皆君得意之作也。

雪黎港口称世界第一，画家喜画之，而佳本颇难。

缭以科葛米讷兮藉以芦丝，西人有一种花名曰科葛米纳，意言勿忘我也，吾译之为长毋相忘花。

芦丝即玫瑰花。

君所赠画，杂花烘缭，秾艳独绝。

画中之理吾不解，画外之意吾领之。

君不见鸷鸟一击大地肃，复见天日扫雾翳，山河锦绣永无极，烂花繁锦明如斯；又不见今日长风送我归，欲别不别还依依，桃花潭水兮情深千尺，长毋相忘兮攀此繁枝。

君遗我兮君画，我报君兮我诗，画体维新诗半旧，五省六燕惭转滋。

媵君一语君听取，人生离别寻常耳，桑田沧海有时移，男儿肝胆长如此，国民责任在少年，君其勉旃吾行矣。

爱国歌四章

泱泱哉！吾中华。

最大洲中最大国，廿二行省为一家。

物产腴沃甲大地，天府雄国言非夸。

君不见，英日区区三岛尚崛起，况乃堂裔吾中华。

结我团体，振我精神，二十世纪新世界，雄飞宇内畴与伦。

可爱哉！吾国民。

可爱哉！吾国民。

芸芸哉！吾种族。

黄帝之胄尽神明，澐昌澐炽遍大陆。

纵横万里皆兄弟，一脉同胞古相属。

君不见，地球万国户口谁最多？四百兆众吾种族。

结我团体，振我精神，二十世纪新世界，雄飞宇内畴与伦。

可爱哉！我国民。

可爱哉！我国民。

彬彬哉！吾文明。

五千余岁历史古，光焰相续何绳绳。

圣作贤述代继起，浸灌沈黑扬光晶。

君不见，竭来欧北天骄骤进化，宁容久侷吾文明。

结我团体，振我精神，二十世纪新世界，雄飞宇内畴与伦。

可爱哉！我国民。

可爱哉！我国民。

轰轰哉！我英雄。

汉唐凿孔县西域，欧亚括陆地天通。

每谈黄祸詟且栗，百年噩梦骇西戎。

君不见，博望定远芳踪已千古，时哉后起我英雄。

结我团体，振我精神，二十世纪新世界，雄飞宇内畴与伦。

可爱哉！我国民。

可爱哉！我国民。

闻英寇云南俄寇伊犁感愤成作涕泪已消残腊尽，入春所得
是惊心。

天倾已压将非梦，雅废夷侵不自今。

安息葡萄柯叶悴，夜郎蒟酱信音沈。

好风不度关山路，奈此中原万里阴。

留别梁任南汉挪路卢

（其一）

冤霜六月零，愤泉万壑哀，寥莪不可诵，游子肝肠摧。

魑魅白昼行，啗人如草莱。

劳劳生我恩，惨惨入泉台。

悠悠者苍天，哀哀者谁子。

人孰无天性，人孰无毛里，孰无泪与血，孰无肺与腑，海枯山可移，此恨安可补？沈沈复沈沈，怨毒乃如此。

（其二）

沥血一杯酒，与君兄弟交，君母即我母，君仇即吾仇。

况我实君累，君更不我尤，我若不报君，狗彘之不犹。

劝君且勿哭，今哭何所求？磨刀复磨刀，去去不暂留。

上有天与日，鉴我即我谋。

我行为公义，亦复为私仇，脚蹴旧山河，手提贼人头，与君拜墓下，一恸为君酬。

万一事不成，国殇亦足豪，云霄六君子，来轸方且遒。

谁能久郁郁？长为儒冠羞。

广诗中八贤歌

诗界革命谁钦豪？因明钜子天所骄，

驱役教典庖丁刀，何况欧学皮与毛。

诸暨蒋智由观云。

东瓯布衣识绝伦，黎洲以后一天民，

我非狂生生自云，诗成独泣问麒麟。

平阳宋恕平子。

枚叔理文涵九流，五言直逼汉魏道，

蹈海归来天地秋，西狩吾道其悠悠。

余杭章炳麟太炎。

义宁公子壮且醇，每翻陈语逾清新，

啮墨咽泪常苦辛，竟作神州袖手人。

义宁陈三立伯严。（君昔赠余诗有“凭阑一片风云气，来作

神州袖手人”之句。）

哲学初祖天演严，远贩欧铅椠亚椠，

合与莎米为鲽鹣，夺我曹席太不廉。

候官严复几道。

放言玩世曾舣庵，造物无计逃镌镵，

曼歌花丛酒正醺，说经何时诗道南。

湘乡曾广钧重伯。（君昔为予画扇，作齐诗图，跋语云：任公好予所治齐诗图，予之诗道南矣。其狂率类此。）

绝世少年丁令威，选字秾俊文深微，

佯狂海上胡不归，故山猿鹤故飞飞。

丰顺丁惠康叔雅。

君遂之节如其才，呼天不应归去来，

海枯石烂诗魂哀，吁嗟吾国其无雷。

淮南吴保初彦复。（君抗疏忧国事，不得达，弃官归，且冻饿，厚禄故人书招之，不出山也。）

拆屋行

麻衣病媵血濡足，负携八雏路旁哭。

穷腊惨栗天雨霜，身无完裙居无屋。

自言近市有数椽，太翁所搆垂百年，中停双木誓未满七，府贴疾下如奔弦。

节度爱民修市政，要使比户成殷阗，袖出图样指且画，剋期改作无迁延。

悬丝十命但恃粥，力单弗任惟哀怜。

吏言称贷岂无路，敢以巧语干大权，不然官家为汝办，率比旁舍还租钱。

出门十步九回顾，月黑风凄何处路，只愁又作流民看，明朝捉收官里去。

彼中凡无业游民皆拘作苦工。

市中华屋连如云，哀丝豪竹何纷纷，游人争说市政好，不见街头屋主人。

太平洋遇雨

一雨纵横亘二洲，浪淘天地入东流。

却余人物淘难尽，又挟风雷作远游。

澳亚归舟杂兴

长途短发两萧森，独自凭栏独自吟。

日出见鸥知岛近，宵分闻雨感秋深。

（归时三四月之交，实南半球之秋末也。）

乘桴岂是先生志，衔石应怜后死心。

姹女不知家国恨，更弹汉曲入胡琴。

拍拍群鸥相送迎，珊瑚湾港夕阳明。

（澳洲沿南太平洋岸，珊瑚岛最多，亦名珊瑚海。)

远波淡似里湖水，列岛繁于初夜星，

蕰胃海风和露吸，洗心天乐带涛听，

此游也算人间福，敢道潮平意未平。

蛮歌曲终锦瑟长，兔魄欲堕潮头黄，

微云远连海明灭，稀星故逐船低昂，

绳床簌魂梦耶觉，冰酒沁骨清以凉，

如此闲福不消受，一宵何苦为诗忙。

苦吟兀兀成何事，永夜迢迢无限情，

万壑鱼龙风在下，一天云锦月初生，

人歌人哭兴亡感，潮长潮平日夜声，

大愿未酬时易逝，抚膺危坐涕纵横。

东归感怀

极目中原暮色深，蹉跎负尽百年心。

那将涕泪三千斛，换得头颅十万金。

鹃拜故林魂寂寞，鹤归华表气萧森。

恩仇稠叠盈怀抱，抚髀空为梁父吟。

刘荆州

二千年后刘荆州，雄镇江黄最上游。

笔下高文蠹鱼矢，帐前飞将烂羊头。

忍将国难供谈柄，敢与民权有凤仇。

闻说魏公加九锡，似君词赋更无俦。

自题新中国未来记

却横西海望中原，黄雾沈沈白日昏。

万壑豕蛇谁是主？千山魑魅阒无人。

青年心死秋梧悴，老国魂归蜀道难。

道是天亡天不管，竭来予亦欲无言。

满江红赠魏二

如此江山，送多少英雄去了。

又尔我蹄尘独滮，睨天长啸。

炯炯一空馀子目，便便不合时宜肚。

向人间一笑醉相逢，两年少。

使不尽，灌夫酒。

屠不了，要离狗。

有酒边狂哭，花前狂笑。

剑外惟馀肝胆在，镜中应诧头颅好。

问匏黄阁外一畦蔬，能同否。

赋示校员及诸生

在昔吾居夷，希与尘客接，箱根山一月，归装稿盈篚。

虽匪周世用，乃实与心惬，如何归乎来？两载投牢筴。

愧傺每颡泚，畏讥每愧魄，冗材惮享牺，遐想醒梦蝶。

推理悟今吾，乘愿理凤业。

郊园美风物，昔游记攸垤，愿言赁一庑，庶以客孤笈。

其时天降凶，大地血正喋，蕴怒凤争郑，导衅忽刺歇。

贾勇羞目逃，斗智屡踷蹋，遂令六七雄，傞舞等中魇。

澜倒竟畴障？天坠真已压。

狂势所簸薄，震我卧榻鰈。

未能一九封，坐遭两黥挟。

吾衰复何论？天僇困接折。

猛志落江湖，能事寄简牍，试凭三寸管，貌彼五云叠。

庀材初类匠，诇势乃如谍，遡往既缠缠，衡今逾喋喋。

有时下武断，快若髭赴镊，哀我久宋聋，持此饷葛馌。

藏山望岂敢，学海愿亦辄。

月出天宇寒，携影响廊黡，苦心碎池凌，老泪润阶叶。

咄哉此局棋，坼角惊急劫，错节方我晜，畏途与谁涉？莘莘年少子，济川汝其楫，相期共艰危，活国厝妥帖。

当为雕鸢墨，莫作好龙叶。

夔空复怜蚿，目苦不见睫。

来者傥暴弃，耗矣始愁惵。

急景催跳丸，我来亦旬浃，行袖东海石，还指西门堞。

惭非徒薪客，徒效恤纬妾，晏岁付劳歌，口呿不能嗋。

文章部分

变法通议自序

法何以必变？凡在天地之间者莫不变：昼夜变而成日；寒暑变而成岁；大地肇起，流质炎炎，热熔冰迁，累变而成地球；海草螺蛤，大木大鸟，飞鱼飞鼍，袋鼠脊兽，彼生此灭，更代迭变，而成世界；紫血红血，流注体内，呼炭吸养，刻刻相续，一日千变，而成生人。藉曰不变，则天地人类并时而息矣。故夫变者，古今之公理也：贡助之法变为租庸调，租庸调变为两税，两税变为一条鞭；并乘之法变为府兵，府兵变为骥骑，骥骑变为禁军；学校升造之法变为荐辟，荐辟变为九品中正，九品变为科目。上下千岁，无时不变，无事不变，公理有固然，非夫人之为也。为不变之说者，动曰"守古守古"，庸讵知自太古、上古、中古、近古以至今日，固已不知万百千变。今日所目为古法而守之者，其于古人之意，相去岂可以道里计哉？

今夫自然之变，天之道也；或变则善，或变则敝。有人道焉，则智者之所审也。语曰："学者上达，不学下达。"惟治亦然：委心任运，听其流变，则日趋于敝；振刷整顿，斟酌通变，则日趋于善。吾揆之于古，一姓受命，刱法立制，数叶以后，其子孙之所奉行，必有以异于其祖父矣。而彼君民上下，犹瞷焉以为吾今日之法吾祖，前者以之治天下而治，蔺然守之，因循不察，渐移渐变，百事废驰，卒至疲敝，不可收拾。代兴者审其敝而变之，斯为新王矣。苟其子孙达于此义，自审其敝而自变之，斯号中兴矣。汉唐中兴，斯固然矣。

《诗》曰："周虽旧邦，其命维新。"言治旧国必用新法也。

其事甚顺，其义至明，有可为之机，有可取之法，有不得不行之势，有不容少缓之故。为不变之说者，犹曰"守古守古"，坐视其因循废弛，而漠然无所动于中。呜呼！可不谓大惑不解者乎？《易》曰："穷则变，变则通，通则久。"伊尹曰："用其新，去其陈。"病乃不存。夜不炳烛则昧，冬不御裘则寒，渡河而乘陆车者危，易证而尝旧方者死。今专标斯义，大声疾呼，上循土训诵训之遗，下依矇讽鼓谏之义，言之无罪，闻者足兴，为六十篇，分类十二，知我罪我，其无辞焉。

论变法不知本原之害

难者曰："中国之法，非不变也，中兴以后，讲求洋务，三十余年，创行新政，不一而足，然屡见败衄，莫克振救，若是乎新法之果无益于人国也。"释之曰：前此之言变者，非真能变也，即吾向者所谓补苴罅漏，弥缝蚁穴，漂摇一至，同归死亡，而于去陈用新，改弦更张之道，未始有合也。昔同治初年，德相毕士麻克语人曰："三十年后，日本其兴，中国其弱乎？日人之游欧洲者，讨论学业，讲求官制，归而行之；中人之游欧洲者。询某厂船炮之利，某厂价值之廉，购而用之，强弱之原，其在此乎？"鸣呼，今虽不幸而言中矣，惩前毖后，亡羊补牢，有天下之责者，尚可以知所从也。

今之言变法者，其荦荦大端，必曰练兵也，开矿也，通商也，斯固然矣。然将率不由学校，能知兵乎？选兵不用医生，任意招募，半属流丐，体之赢壮所不知，识字与否所不计，能用命乎？将俸极薄，兵饷极微，伤废无养其终身之文，死亡无卹其家之典，能洁已效死乎？图学不兴，阨塞不知，能制胜乎？船械不能自造，仰息他人，能如志乎？海军不游弋他国，将卒不习风波，一旦临敌，能有功乎？如是则练兵如不练。矿务学堂不兴，矿师乏绝，重金延聘西人，尚不可信，能尽利乎？械器不备，化分不精，能无弃材乎？道路不通，从矿地运至海口，其运费视原价或至数倍，能有利乎？如是则开矿如不开。商务学堂不立，罕明贸易之理，能保富乎？工艺不兴，制造不讲，土货销场，寥寥无几，能争利乎？道路梗塞，运费笨重，能广销乎？厘卡满地，抑勒逗留，朘膏削脂，有如虎狼，能劝商乎？领事不报外国商务，国家不护侨寓商民，能自立乎？如是则通商如不通。其稍进者曰："欲求新政，必兴学校。"可谓知本矣，然师学不讲，教习乏人，能育才乎？科举不改，聪明之士，皆务习帖括，以取富贵，趋舍异路，能俯就乎？官制不改，学成而无所用，投闲置散，如前者出洋学生故事，奇才异能，能自安乎？既欲省府州县皆设学校，然立学诸务，责在有司，今之守令，能奉行尽善乎？

如是则兴学如不兴。自余庶政，若铁路，若轮船，若银行，若邮政，若农务，若制造，莫不类是。盖事事皆有相因而至之端，而万事皆同出于一本原之地，不挈其领而握其枢，犹治丝而棼之，故百举而无一效也。

今之言变法者，其蔽有二：其一欲以震古铄今之事，责成于肉食官吏之手；其二则以为黄种之人，无一可语，委心异族，有终焉之志。夫当急则治标之时，吾固非谓西人之必不当用，虽然，则乌可以久也。中国之行新政也，用西人者，其事多成，不用西人者，其事多败，询其故？则曰："西人明达，华人固陋；西人奉法，华人营私也。"吾闻之日本变法之始，客卿之多，过于中国也。十年以后，按年裁减，至今一切省署，皆日人自任其事，欧洲之人百不一存矣。今中国之言变法，亦既数十年，而犹然借材异地，乃能图成，其可耻孰甚也？夫以西人而任中国之事，其爱中国与爱其国也孰愈？

夫人而知之矣，况吾所用之西人，又未必为彼中之贤者乎。

若夫肉食官吏之不足任事，斯固然矣。虽然，吾固不尽为斯人咎也，帖括陋劣，国家本以此取之，一旦而责以经国之远猷，乌可得也。捐例猥杂，国家本以此市之，一旦而责以奉公之廉耻，乌可得也。一人之身，忽焉而责以治民，忽焉而责以理财，又忽焉而责以治兵，欲其条理明澈，措置悉宜，乌可得也。在在防弊，责任不专，一事必经数人，互相牵制，互相推诿，欲其有成，乌可得也。学校不以此教，察计不以此取，任此者弗赏，弗任者弗罚，欲其振厉，黾勉图功，乌可得也。途壅俸薄，长官层累，非奔竞未由得官，非贪污无以谋食，欲其忍饥寒，蠲身家，以从事于公义，自非圣者，乌可得也。

今夫人之智愚贤不肖，不甚相远也。必谓西人皆智，而华人皆愚；西人皆贤，而华人皆不肖，虽五尺之童，犹知其非。然而西官之能任事也如彼，华官之不能任事也如此，故吾曰：不能尽为斯人咎也，法使然也。立法善者，中人之性可以贤，中人之才可以智，不善者反是。塞其耳目而使之愚，缚其手足而驱之为不肖，故一旦有事，而无一人可为用也。不此之变，而鳃鳃然效西人之一二事，以云自强，无惑乎言变法数十年，而利未一见，弊已百出，反为守旧之徒，抵其隙而肆其口也。

吾今为一言以蔽之曰：变法之本，在育人才；人才之兴，在开学校；学校之立，在变科举，而一切要其大成，在变官制。难者曰："子之论探本穷原，靡有遗矣，然兹事体大，非天下才，惧弗克任，恐闻者惊怖其言以为河汉，遂并向者一二西法而亦弃之而不敢道，奈何？子毋宁卑之无甚高论，令今可行矣。"释之曰：不然，夫渡江者汎乎中流，暴风忽至，握舵击楫，虽极疲顿，无敢去者，以偷安一息，而死亡在其后也。庸医疑证，用药游移。精于审证者，得病源之所在，知非此方不愈此疾，三年畜艾，所弗辞已，虽曰难也，将焉避之。抑岂不闻东海之滨，区区三岛，外受劫盟，内逼藩镇，崎岖多难，濒于灭亡，而转圜之间，化弱为强，岂不由斯道矣乎？则又乌知乎今之必不可行也。有非常之才，则足以济非常之变。呜呼！是所望于大人君子者矣。

论学会

道莫善于群，莫不善于独。独故塞，塞故愚，愚故弱；群故通，通故智，智故强。星地相吸而成世界，质点相切而成形体。数人群而成家，千百人群而成族，亿万人群而成国，兆京陔秭壤人群而成天下。无群焉，曰鳏寡孤独，是谓无告之民。虎豹狮子，象驼牛马，庞大傀硕，人槛之驾之，惟不能群也。非洲之黑人，印度之棕色人，美洲、南洋、澳岛之红人，所占之地，居地球十六七，欧人剖之钤之，若揽狮象而驾驼马，亦曰惟不能群之故。

群之道，群形质为下，群心智为上。群形质者，蝗蚁蜂蚁之群，非人道之群也，群之不已，必蠹天下，而卒为群心智之人所制。蒙古、回回种人，皆以众力横行大地，而不免帖耳于日耳曼之裔，蝗蚁蜂蚁之群，非人道之群也。群心智之事则颐矣。欧人知之，而行之者三：国群日议院，商群日公司，士群日学会。而议院、公司，其识论业艺，罔不由学；故学会者，又二者之母也。学校振之于上，学会成之于下，欧洲之人，以心智雄于天下，自百年以来也。

学会起于西乎？曰：非也，中国二千年之成法也。《易》曰："君子以朋友讲习。"《论语》曰："有朋自远方来。"又曰："君子以文会友。"又曰："百工居肆以成其事，君子居学以致其道。"孔子养徒三千，孟子从者数百，子夏西河，曾子武城，荀卿祭酒于楚、宋，史公讲业于齐、鲁，楼次子之著录九千，徐遵明之会讲逾万，鹅湖、鹿洞之盛集，东林、几、复之大观，凡兹前模，具为左证。先圣之道所以不绝于地，而中国种类不至夷于蛮越，曰惟学会之故！学会之亡，起于何也？曰：国朝汉学家之罪，而纪昀为之魁也。汉学家之言曰：今人但当著书，不当讲学。纪昀之言曰："汉亡于党锢，宋亡于伪学，明亡于东林。"呜呼，此何言耶？此十常侍所以倾李膺、范滂、蔡京、韩侂胄所以锢司马公、朱子，魏忠贤、阮大铖所以陷顾、高、陈、夏，而为此言也。吾不知小人无忌惮之纪昀，果何恶于李、范诸贤，而甘心为十常侍、蔡京、韩侂胄、魏忠贤、阮大铖之奴隶也。而举天下缀学之士，犹群焉宗之，伈伈低首，为奴隶之奴隶，疾党如仇，视会为贼。是以金壬有党，而君子反无党；匪类有会，而正业反无会。是率小人以食君子之肉，驱天下之人而为鳏寡孤独，而入于象驼牛马，而曾蜂蝗蚁蚁之不若，而后称善人。呜呼，岂不痛哉，岂不痛哉！

今天下之变亟矣。稍达时局者，必曰兴矿利，筑铁路，整商务，练海军。今试问：驱八股八韵考据词章之士，而属之以诸事，能乎否乎？则曰：有同文馆、水师学堂诸生徒在。今且无论诸生徒之果成学与否，试问：以区区之生徒，供天下十八行省变法之用，足乎否乎？人才乏绝，百举具废，此中国所以讲求新法三十年而一无所成，卒为一孔守旧之论间执其口也。今海内之大，四万万人之众，其豪杰之士，聪明材力足以通此诸学者，盖有之矣。然此诸学者，非若考据词章之可以闭户獭祭而得也。如矿利则必游历各省，察验矿质，博求各国开矿、分矿、炼矿之道，大购其机器仪器而试验之，尽购其矿务之书而翻译之，集陈万国所有之矿产而比较之。练军则必集万国兵法之书而读之，集万国制造枪炮药弹、筑修营垒船舰之法而学之。学此诸法，又非徒手而学也，必游历其国，观其操演，遍览各厂，察其制造，大陈汽机，习其用式。自余群学，率皆类是。故无三十七万金之天文台，三十五万金之千里镜，则天学必不精；不能环游地球，即游矣，而不能遍各国，省府州县皆有车辙马迹，则地学必不精。试问：一人之力，能任否乎？此所以虽有一二有志之士，不能成学，不能致用，废弃以没世也。

彼西人之为学也，有一学即有一会。故有农学会，有矿学会，有商学会，有工学会，有法学会，有天学会，有地学会，有算学会，有化学会，有电学会，有声学会，有光学会，有重学会，有力学会，有水学会，有热学会，有医学会，有动、植两学会，有教务会，乃至于照像、丹青、浴堂之琐碎，莫不有会。其入会之人，上自后妃王公，下及一命布衣，会众有集至数百万人者，会资有集至数百万金者。会中有书以便翻阅，有器以便试验，有报以便布知新艺，有师友以便讲求疑义，故学无不成，术无不精，新法日出，以前民用，人才日众，以为国干，用能富强甲于五洲，文治轶于三古。

今夫五印度数万里之大，五十年间，晏然归于英国；广州之役，割香港，开口岸，举动轰赫，天下震慑，而不知皆彼中商学会为之也。通商以来，西人领文凭，游历边腹各省，测绘舆图，考验物矿者，无岁无之；中国之人，疑其奸细，而无术以相禁，百不知皆彼中地学会为之也。故西国国家之于诸会也，尊重保护而奖借之，或君主亲临，以重其事，或拨帑津贴，以助其成。会日盛而学日进，盖有由也。

今欲振中国，在广人才；欲广人才，在兴学会。诸学分会，未能骤立，则先设总会。设会之日：一曰胪陈学会利益，专折上闻，以定众心；二曰建立孔子庙堂，陈主会中，以著一尊；三曰贻书中外达官，令咸损输，以厚物力；四曰函招海内同志，咸令入会，以博异才；五曰照会各国学会，常通音问，以广声气；六曰函告寓华西士，邀致入会，以收他山；七曰咨取官局群籍，概提全分，以备储藏；八曰尽购已翻西书，收庋会中，以便借读；九曰择购西方各书，分门别类，以资翻译；十曰广翻地球各报，布散行省，以新耳目；十一曰精搜中外地图，悬张会堂，以备流览；十二曰大陈各种仪器，开博物院，以助试验；十三曰编纂有用书籍，广印廉售，以启风气；十四曰严定会友功课，各执专门，以励实学；十五曰保选聪颖子弟，开立学堂，以育人才；十六曰公派学成会友，游历中外，以资著述。

举国之大，而仅有一学会，其犹一蚊一虻之劳也。今以四万万人中，忧天下求自强之士，无地无之，则宜所至广立分会。一省有一省之会，一府有一府之会，一州县有一州县之会，一乡有一乡之会，虽数十人之客，数百金之微，亦无害其为会也。积小高大，扩而充之，天下无不成学之人矣。

遵此行之，一年而豪杰集，三年而诸学备，九年而风气成。欲兴农学，则农学会之才，不可胜用也；欲兴矿利，则矿学会之才，不可胜用也；欲兴工艺，则工艺会之才，不可胜用也；欲兴商务，则商务会之才，不可胜用也；欲求使才，则法学会之才，不可胜用也；欲整顿水陆军，则兵学会之才，不可胜用也；欲制新器，广新法，则天、算、声、光、化、电等学会之才，不可胜用也。以雪仇耻，何耻不雪！以修庶政，何政不成！若徇纪昀之呓言，率畏首之旧习，违乐群之公理，甘无告之恶名，则非洲、印度、突厥之覆辙，不绝于天壤。西方之人，岂有爱乎？一木只柱，无所砥于横流；佩玉鸣琚，非所救于急难。《诗》曰："迨天之未阴雨，彻彼桑土，绸缪牖户。今此下民，或敢侮予？"呜呼！凡百君子，其无风雨漂摇，乃始晓音瘏口，而莫能相救也。

论中国积弱由于防弊

先王之为天下也公，故务治事；后世之为天下也私，故各防弊。务治事者，虽不免小弊，而利之所存，恒足以相掩；务防弊者，一弊未弭，百弊已起，如葺漏屋，愈葺愈漏，如补破衲，愈补愈破。务治事者，用得其人则治，不得其人则乱；务防弊者，用不得其人而弊滋多，即用得其人而事亦不治。自秦迄明，垂二千年，法禁则日密，政教则日夷，君权则日尊，国威则日损。上自庶官，下自亿姓，游于文网之中，习焉安焉，驯焉扰焉，静而不能动，愚而不能智。历代民贼，自谓得计，变本而加厉之？及其究也，有不受节制，出于所防之外者二事：曰彝狄，曰流寇。二者一起，如汤沃雪，遂以灭亡。于是昔之所以防人者，则适足为自敝之具而已。

梁启超曰：吾尝读史鉴古今成败兴废之迹，未尝不悁悁而悲也。古者长官有佐无贰，所以尽其权，专其责，易于考绩（《王制》《公羊传》《春秋繁露》所述官制，莫不皆然，独《周礼》言建其正，立其贰，故既有冢宰、司徒、宗伯、司马、司寇、司空，复有小宰、小司徒、小宗伯、小司马、小司寇、小司空。凡正皆卿一人，凡贰皆中大夫二人，此今制一尚书、两侍郎之所自出。《周礼》伪书，误尽万世者也）。汉世九卿，尚沿斯制（汉、晋间太常等尚无少卿，后魏太和十五年始有之）。后世惧一部之事，一人独专其权也，于是既有尚书，复有侍郎，重以管部，计一部而长官七人，人人无权，人人无责。防之诚密矣，然不相掣肘，即相推诿，无一事能举也。古者大国百里，小国五十，各亲其民，而上统于天子，诸侯所治之地，犹今之县令而已。汉世犹以郡领县，而郡守则直达天子。后世惧亲民之官权力过重也，于是为监司以防之；又虑监司之专权也，为巡抚、巡按等以防之；又虑抚、按之专权也，为节制、总督以防之。防之诚密矣，然而守令竭其心力以奉长官，犹惧不得当，无暇及民事也；朘万姓脂膏，为长官苞苴，虽厉民而位则固也。古者任官，各举其所知，内不避亲，外不避仇。汉、魏之间，尚存此意，故左雄在尚书，而天下号得人；毛玠、崔琰为东曹掾，而士皆砥砺名节。后世虑选人之请托，铨部之徇私也，于是崔亮、裴光庭定为年劳资格之法，孙丕扬定为掣签之法。防之诚密矣，然而奇才不能进，庸才不能退，则考绩废也；不为人择地，不为地择人，则吏治瘵也。古者乡官，悉用乡人（《周礼》《管子》《国语》具详之）。汉世掾尉，皆土著为之（《京房传》：房为魏郡太守，自请得除用他郡人，可知汉时掾属无不用本郡人者，房之此请，乃是破格）。盖使耳目相近，督察易力。后世虑其舞弊也，于是隋文革选，尽用他郡，然犹南人选南，北人选北（宋政和六年诏，知县注选，虽甚远，无过三十驿。三十驿者，九百里也）。明之君相，以为未足，于是创南北互选之法。防之诚密矣，然赴任之人，动数千里，必须举债，方可到官，非贪污无以自存也。土风不谙，语言难晓，政权所寄，多在猾胥，而官为缀旒也。古者公卿，自置室老，汉世三府，开阁辟士，九卿三辅郡国，咸自署吏（顾氏《日知录》云：鲍宣为豫州牧，郭钦奏其举错烦苛，代二千石署吏。是知署吏乃二千石之职，州牧代之，尚为烦苛。今以天子而代之宜乎？事烦而职不举），所以臂指相使，情义相通。后世虑其植党市恩也，于是一命以上，皆由吏部。防之诚密矣，然长佐不习，耳目不真，或长官有善政，而未由奉行，或小吏有异才，而不能自见也。古者用人皆久于其任，封建世卿无论矣，自余庶官，或一职而终身任之，且长子孙焉。

爰及汉世，犹存此意，故守令称职者，玺书褒勉，或累秩至九卿，终不迁其位，盖使习其地，因以竟其功。后世恐其久而弊生也，于是定为几年一任之法，又数数迁调，宜南者使之居北，知礼者使之掌刑。防之诚密矣，然或欲举一事，未竟而去官，则其事废也；每易一任，必经营有年，乃更举一事，事未竟而去如初，故人人不能任事。而其盘踞不去，世其业者，乃在胥吏，则吏有权而官无权也。古者国有大事，谋及庶人，汉世亦有议郎、议大夫、博士、议曹，不属事，不直事，以下士而议国政（余别有《古议院考》），所以通下情，固邦本。后世恐民之讪已也，蔑其制，废其官。防之诚密矣，然上下隔绝，民气散奂，外患一至，莫能为救也。古者三公坐而论道，其权重大，其体尊严（三公者一相、二伯）。汉制丞相用人行政，无所不统，盖君则世及，而相则传贤，以相行政，所以救家天下之穷也。后世恐其专权敌君也，渐收其权归之尚书，渐收而归之中书，而归之侍中，而归之内阁；渐易其名为尚书令，为侍中，为左右仆射，中书侍郎，门下侍郎，为平章政事同三品，为大学士；渐增其员为二人，为四人，乃至十人；渐建其贰为同平章事，参知政事，为协办大学士。其位日卑，其权日分，于是宰相遂为天子私人。防之诚密矣，然政无所出，具官盈廷，徒供画诺，推诿延阁，百事丛脞也。古者科举皆出学校，教之则为师，官之则为君，汉、晋以降，犹采虚望。后世虑士之沽名，官之徇私也，于是为帖括诗赋以锢之，浸假而锁院，而搜检，而糊名，而誊录，而回避。若夫试官，固天子近侍亲信之臣，亲试于廷，然后出之者也，而使命一下，严封其宅焉；所至，严封其寓焉；行也，严封其舟车焉，若槛重囚。防之诚密矣，然暗中摸索，探筹赌戏，驱人于不学，导人以无耻，而关节请托之弊，卒未尝绝也。古之学者，以文会友；师儒之官，以道得民。后世恐其聚众而持清议也，于是戒会党之名，严讲学之禁。防之诚密矣，然而儒不谈道，独学孤陋，人才彫落，士气不昌，徒使无忌惮之小人，借此名以陷君子，为一网打尽之计也。古者疑狱，泛与众共，悬法象魏，民悉读之，盖使知而不犯，冤而得伸。后世恐其民这狡赖也，端坐堂皇以耸之，陈列榜杨以胁之。防之诚密矣，然刁豪者益借此以吓小民，愿弱者每因此而戕身命，猾吏附会例案，上下其手，冤气充塞，而莫能救正也。古者天子时巡，与国人交，君于其臣，贱亦答拜，汉世丞相谒天子，御座为起，在舆为下，郡县小吏，常得召见。后世恐天泽之分不严也，九重深闭，非执政末由得见。防之诚密矣，然生长深宫，不闻外事，见贤士大夫之时少，亲宦官宫妾之时多，则主德必昏也。上下睽孤，君视臣如犬马，臣视君如国人也。凡百庶政，罔不类是，虽更数仆，悉数为难。

悠悠二千岁，莽莽十数姓，谋谟之臣比肩，掌故之书充栋，要其立法之根，不出此防弊之一心。谬种流传，遂成通理，以缜密安静为美德，以好事喜功为恶词，容容者有功，峣峣者必缺，在官者以持禄保位为第一义，缀学者以束身自好为第一流。大本既拨，末亦随之，故语以开铁路，必曰恐妨舟车之利也；语以兴机器，必曰恐夺小民之业也；语以振商务，必曰恐坏淳朴之风也；语以设学会，必曰恐导标榜之习也；语以改科举，必曰恐开躁进之门也；语以铸币楮，必曰恐蹈宋、元之辙也；语以采矿产，必曰恐为晚明之续也；语以变武科，必曰恐民挟兵器以为乱也；语以轻刑律，必曰恐民藐法纪而滋事也。坐此一念，百度不张。譬之怔病，自惊自怛，以废寝食；譬之痿病，不痛不痒，僵卧床蓐，以待死期。岂不异哉！岂不伤哉！

防弊之心乌乎起？曰：起于自私。请言公私之义。西方之言曰：人人有自主之权。何谓自主之权？各尽其所当为之事，各得其所应有之利，公莫大焉，如此则天下平矣。防弊者欲使治人者有权，而受治者无权，收人人自主之权，而归诸一人，故曰私。虽然，权也者，兼事与利言之也。使以一人能任天下人所当为之事，则即以一人独享天下人所当得之利，君子不以为泰也。先王知其不能也，故曰："不患寡而患不均。"又曰："君子有絜矩之道，言公之为美也。"地者积人而成，国者积权而立，故全权之国强，缺权之国殃，无权之国亡。何谓全权？国人各行其固有之权；何谓缺权？国人有有权者，有不能自有其权者；何谓无权？不知权之所在也。无权恶乎起？曰：始也，欲以一人而夺众人之权，然众权之繁之大，非一人之智与力所能任也，既不能任，则其权将糜散堕落，而终不能以自有。虽然，向者众人所失之权，其不能复得如故也，于是乎不知权之所在。故防弊者，始于争权，终于让权。何谓让权？天下有事，上之天子，天子曰议以闻，是让权于部院；部院议可，移文疆吏，是让权于督抚；督抚以颁于所属，是让权于州县；州县以下于有司，是让权于吏胥。

一部之事，尚侍互让；一省之事，督抚互让；一君之事，君国民互让。争固不可也，让亦不可也。争者损人之权，让者损己之权。争者半而让者半，是谓缺权；举国皆让，是谓无权。夫自私之极，乃至无权。然则防弊何为乎？吾请以一言蔽之曰：因噎而废食者必死，防弊而废事者必亡！

政变原因答客难

语曰：忠臣去国，不洁其名。大丈夫以身许国，不能行其志，乃至一败涂地，漂流他乡，则惟当缄口结舌，一任世人之戮辱之、嬉笑之、唾骂之，斯亦已矣；而犹复晓晓焉欲以自白，是岂大丈夫之所为哉？虽然，事有关于君父之生命，关于全国之国论者，是固不可以默默也。

论者曰：中国之当改革，不待言矣，然此次之改革，得无操之过蹙，失于急激，以自贻磋跌之忧乎？辩曰：中国之当改革，三十年于兹矣，然而不见改革之效，而徒增其弊者何也？凡改革之事，必除旧与布新，两者之用力相等，然后可有效也。苟不务除旧而言布新，其势必将旧政之积弊，悉移而纳于新政之中，而新政反增其害矣。如病者然，其积痞方横塞于胸腹之间，必一面进以泻利之剂，以去其积块，一面进以温补之剂，以培其元气，庶几能奏功也。若不攻其病，而日饵之以参苓，则参苓即可为增病之媒，而其人之死当益速矣。我中国自同治后，所谓变法者，若练兵也，开矿也，通商也，交涉之有总署使馆也，教育之有同文方言馆及各中西学堂也，皆畴昔之人所谓改革者也。夫以练兵论之，将帅不由学校而出，能知兵乎？选兵无度，任意招募，半属流丐，体之赢壮所不知，识字与否所不计，能用命乎？将俸极薄，兵饷极微，武阶极贱，士人以从军为耻，而无赖者乃承其乏，能洁已效死乎？图学不兴，阨塞不知，能制胜乎？船械不能自制，仰息他人，能如志乎？海军不游弋他国，将帅不习风涛，一旦临敌，能有功乎？警察不设，户籍无稽，所练之兵，日有逃亡，能为用乎？如是，则练兵如不练。且也用洋将统带训练者，则授权于洋人，国家岁费巨帑，为他人养兵以自噬；其用土将者，则如董福祥之类，藉众闹事，损辱国体，动招边衅，否则骚扰间阎而已，不能防国，但能累民；又购船置械于外国，则官商之经手者，藉以中饱自肥，费重金而得窳物，如是则练兵反不如不练。以开矿论之，矿务学堂不兴，矿师乏绝，重金延聘西人，尚不可信，能尽地利乎？机器不备，化分不精，能无弃材乎？道路不通，从矿地运至海口，其运费视原价或至数倍，能有利乎？如是则开矿如不开。且也西人承揽，各国要挟，地利尽失，畀之他人；否则奸商胡闹，贪官串弊，各省矿局，只为候补人员领干脩之用，徒糜国帑，如是则开矿反不如不开。以通商论之，计学不讲，罕明商政之理，能保富乎？工艺不兴，制造不讲，土货销场，寥寥无几，能争利乎？道路梗塞，运费笨重，能广销乎？厘卡满地，抑勒逗留，朘膏削脂，有如虎狼，能劝商乎？领事不察外国商务，国家不护侨寓商民，能自立乎？如是则通商如不通。且也外品日输入，内币日输出，池枯鱼竭，民无噍类，如是则通商反不如不通。以交涉论之，总理衙门老翁十数人，日坐堂皇，并外国之名且不知，无论国际，并己国条约且未寓目，无论公法，各国公使领事等官，皆由奔竞而得，一无学识，公使除呈递国书之外无他事，领事随员等除游观饮食之外无他业，何取于此辈之坐食乎？如是则有外交官如无外交官。且使馆等人在外国者，或狎邪无赖，或鄙吝无耻，自执贱业，污秽难堪，贻笑外人，损辱国体，其领事等非惟不能保护已商，且从而陵压之，如是则有外交官反不如无外交官。以教育论之，但教方言以供翻译，不授政治之科，不修学艺之术，能养人材乎？科举不变，荣途不出士夫之家，聪颖子弟皆以入学为耻，能得高材乎？如是则有学堂如无学堂。且也学堂之中，不事德育，不讲爱国，故堂中生徒，但染欧西下等人之恶风，不复知有本国，贤者则为洋庸以求衣食，不肖者且为汉奸以倾国基，如是则有学堂反不如无学堂。

凡此之类，随举数端，其有弊无效，固已如是。自余各端，亦莫不如是。然则前此之所谓改革者，所谓温和主义者，其成效固已可睹矣。夫此诸事者，则三十年来名臣曾国藩、文祥、沈葆桢、李鸿章、张之洞之徒，所竭力而始成之者也，然其效乃若此。然则，不变其本，不易其俗，不定其规模，不筹其全局，而依然若前此之支支节节以变之，则虽使各省得许多督抚皆若李鸿章、张之洞之才之识，又假以十年无事，听之使若李鸿章、张之洞之所为，则于中国之弱之亡，能稍有救乎？吾知其必不能也。何也？盖国家之所赖以成立者，其质甚繁，故政治之体段亦甚复杂，枝节之中有根干焉，根干之中又有总根干焉，互为原因，互为结果。故言变法者，将欲变甲，必先变乙；及其变乙，又当先变丙，如是相引，以至无穷，而要非全体并举，合力齐作，则必不能有功，而徒增其弊。譬之有千岁老屋，瓦墁毁坏，榱栋崩折，将就倾圮，而室中之人，乃或酣嬉鼾卧，漠然无所闻见；或则补苴罅漏，弥缝蚁穴，以冀支持：斯二者，用心虽不同，要之风雨一至，则屋必倾，而人必同归死亡，一也。夫酣嬉鼾卧者，则满洲党人是也；补苴弥缝者，则李鸿章、张之洞之流是也。谚所谓室漏而补之，愈补则愈漏；衣敝而结之，愈结则愈破，其势固非别构新厦，别纫新制，乌乎可哉？若知世之所谓温和改革者，宜莫如李、张矣，不见李鸿章训练海军之洋操，所设之水师学堂、医学堂乎？不见张之洞所设之实学馆、自强学堂、铁政局、自强军乎？李以三十年之所变者若此，张以十五年之所变者若此，然则再假以十五年，使如李、张者出其温和手段，以从容布置，到光绪四十年，亦不过多得此等学堂洋操数个而已。一旦有事，则亦不过如甲午之役，望风而溃，于国之亡，能稍有救乎？既不能救亡，则与不改革何以异乎？夫以李、张之才如彼，李、张之望如彼，李、张之见信任负大权如彼，李、张之遇无事之时，从容十余年之布置如彼，其所谓改革者乃仅如此。况于中朝守旧，庸耄盈延，以资格任大官，以贿赂得美差，大臣之中安所得多如李、张之者？而外患之迫，月异而岁不同，又安所更得十余年之从容岁月者？然则，舍束手待亡之外，无他计也，不知所谓温和主义者，何以待之。抑世之所谓急激者，岂不以疑惧交乘，怨谤云起，为改革党人所自致乎？语曰："非常之原，黎民惧焉。"又曰："凡民可以乐成，难以虑始。"从古已然，况今日中国之官之士之民，智识未开，蚩然不知有天下之事，其见改革而惊讶，固所当然也。彼李鸿章前者所办之事，乃西人皮毛之皮毛而已，犹且以此负天下之重谤，况官位远在李鸿章之下，而所欲改革之事，其重大又过于李鸿章所办者数倍乎？

夫不除弊则不能布新，前既言之矣，而除旧弊之一事，最易犯众忌而触众怒，故全躯保位惜名之人，每不肯为之。今且勿论他事，即如八股取士锢塞人才之弊，李鸿章、张之洞何尝不知之，何尝不痛心疾首而恶之。张之洞且常与余言，以废八股为变法第一事矣，而不闻其上疏请废之者，盖恐触数百翰林、数千进士、数万举人、数十万秀才、数百万童生之怒，惧其合力以谤己而排挤己也。今夫所谓爱国之士，苟其事有利于国者，则虽败己之身、裂己之名，犹当为之。今既自谓爱国矣，又复爱身焉，又复爱名焉，及至三者不可得兼，则舍国而爱身名；至二者不可得兼，又将舍名而爱身；吾见世之所谓温和者，如斯而已，如斯而已！吉田松阴曰："观望持重，号称正义者，比比皆然，最为最大下策，何如轻快捷速，打破局面，然后徐占地布石之为愈乎？"呜呼！世之所谓温和者，其不见绝于松阴先生者希耳。即以日本论之，幕末藩士，何一非急激之徒，松阴、南洲，尤急激之巨魁也。试问非有此急激者，而日本能维新乎？当积弊疲玩之既久，不有雷霆万钧霹雳手段，何能唤起而振救之。日本且然，况今日我中国之积弊，更深于日本幕末之际，而外患内忧之亟，视日本尤剧百倍乎！今之所谓温和主义者，犹欲以维新之业，望之于井伊、安藤诸阁老也。故康先生之上皇帝书曰："守旧不可，必当变法；缓变不可，必当速变；小变不可，必当全变。"又曰："变事而不变法，变法而不变人，则与不变同耳。"故先生所条陈章奏，统筹全局者，凡六七上，其大端在请誓太庙以戒群臣，开制度局以定规模，设十二局以治新政，立民政局以地方自治；其他如迁都、兴学、更税法、裁厘金、改律例、重俸禄、遣游历、派游学、设警察、练乡兵、选将帅、设参谋部、大营海军、经营西藏，新疆等事，皆主齐力并举，不能支支节节而为之。而我皇上亦深知此意，徒以无权不能遽行，故屡将先生之折交军机总署会议，严责其无得空言搪塞，盖以见制西后，故欲借群臣之议以定之也。无如下有老耄守旧之大臣，屡经诏责而不恤；上有揽权猜忌之西后，一切请命而不行。故皇上与康先生之所欲改革者，百分未得其一焉。使不然者，则此三月之中，旧弊当已尽革，新政当已尽行，制度局之规模当已大备，十二局之条理当已毕详，律例当已改，巨饷当已筹，警察当已设，民兵当已练，南部当已迁都，参谋部当已立，端绪略举，而天下肃然向风矣。今以无权之故，一切所行，非其本意，皇上与康先生方且日日自疚其温和之已甚，而世人乃以急激责之，何其相反乎！嗟乎！局中人曲折困难之苦衷，非局外人所能知也久矣。以谭嗣同之忠勇明达，当其初被征入都，语以皇上无权之事，犹不深信。及七月廿七日皇上欲开懋勤殿，设顾问官，命谭查历朝圣训之成案，将据以请于西后。至是谭乃恍然于皇上之苦衷，而知数月以来改革之事，未足以满皇上之愿也。谭嗣同且如此，况于其他哉！夫以皇上与康先生处至难之境，而苦衷不为天下所共谅，庸何伤焉。而特恐此后我国民不审大局，徒论成败，而曰是急激之咎也，是急激之鉴也，因相率以为戒，相率于一事不办，束手待亡，而自以为温和焉。其上者则相率于补漏室，结鹑衣，枝枝节节，畏首畏尾，而自以为温和焉。而我国终无振起之时，而我四万万同胞之为奴隶，终莫可救矣。是乃所大忧也，故不可以不辩也。

论近世国民竞争之大势及中国前途

第一节 国民与国家之异

中国人不知有国民也，数千年来通行之语，只有以国家二字并称者，未闻有以国民二字并称者。国家者何？国民者何？国家者，以国为一家私产之称也。古者国之起原，必自家族。一族之长者，若其勇者，统率其族以与他族相角，久之而化家为国，其权无限，奴畜群族，鞭笞叱咤，一家失势，他家代之，以暴易暴，无有已时，是之谓国家。国民者，以国为人民公产之称也。国者积民而成，舍民之外，则无有国。

以一国之民，治一国之事，定一国之法，谋一国之利，捍一国之患，其民不可得而侮，其国不可得而亡，是之谓国民。

第二节　国民竞争与国家竞争之异

有国家之竞争，有国民之竞争。国家竞争者，国君糜烂其民以与他国争者也；国民竞争者，一国之人各自为其性命财产之关系而与他国争者也。孔子之无义战也，墨子之非攻也，孟子所谓率土地而食人肉，罪不容于死也，皆为国家竞争者言之也。近世欧洲大家之论曰："竞争者，进化之母也；战事者，文明之媒也。"为国民竞争者言之也。国家竞争其力薄，国民竞争其力强；国家竞争其时短，国民竞争其时长。

今夫秦始皇也，亚历山大也，成吉思汗也，拿破仑也，古今东西史乘所称武功最盛之人也，其战也，皆出自封豕长蛇之野心，席卷囊括之异志，眈眈逐逐，不复可制，遂不惜驱一国之人以殉之。其战也，一人之战，非一国之战也。惟一人之战，故其从战者皆迫于号令，不得已而赴之，苟可以规避者，则获免为幸，是以其军志易涣，其军气易馁，故曰其力弱；惟一人之战，故其人一旦而败也，一旦而死也，其战事遂烟消瓦解，不留其影响，故曰其时短。若国民竞争则反是。凡任国事者，遇国难之至，当视其敌国为国家之竞争乎？

为国民之竞争乎？然后可以语于御抵之法也。

第三节 今日世界之竞争力与其由来

呜呼，世界竞争之运，至今日而极矣！其原动力发始于欧洲，转战突进，盘若旋风，疾若掣电，倏忽叱咤，而遍于全球。试一披地图，世界六大陆，白色人种已有其五，所余者惟亚细亚一洲而已。而此亚细亚者，其面积二分之一，人口十分之四，已属白人肘腋之物。盖自洲之中部至北部全体，已为俄人所有，里海殆如俄国之内湖。南部之中央五印度全境，为英奴隶，印度西邻之阿富汗、俾路芝，亦为英之保护国，归其势力范围之内。法国当距今四十年前，始染指于亚洲之东南；同治元年，占交趾，灭柬埔寨；光绪十年，遂亡安南；十九年，败暹罗，割其地三分之一。英人于光绪十一年，亡缅甸，擒其王。而波斯因英、俄均权，仅留残喘。高丽因俄、日协议，聊保余生。计欧人竞争之力所及，除其余四大洲外，而所得于亚细亚之领地者，则：

	面积 （日本里）	人口
亚细亚洲	2,880,000方里	835,000,000人
俄属	1,100,000方里	20,000,000人
英属	330,000方里	300,000,000人
法属	44,700方里	22,000,000人
葡属	1,300方里	1,000,000人
欧属总计	1,476,000方里	343,000,000人

其竞争力之强悍而过去成绩之宏伟也如此。今者移戈东向，万马齐力，以集于我支那。然则其力之所由来与其所终极，不可不惴惴而留意也。

自前世纪以来，学术日兴，机器日出，资本日加，工业日盛，而欧洲全境，遂有生产过度之患，其所产物不能不觅销售之地，前者哥仑布之开美洲，谓为新世界，谓足以调剂欧洲之膨胀，然数百年来，既已自成为产物之地，昔为欧人殖民之域者，今方且谋殖民于他境。其次如印度，如澳洲，欧人以全力经营之，将赖之为消受产物之所，不数十年，非直不能消受而已，而其本地所产之物，又且皇皇然谋销场于他地。于是欧人大窘，不得已而分割亚非利加，举洲若狂，今者虽撒哈拉大沙漠中一粒之沙，亦有主权者矣。虽然，以欧人之工商业，而欲求主顾于非洲人，虽费尽心血以开通之，其收效必在百数十年以后，而彼其生产过度之景况，殆不可终日。于是欧人益大窘，于是皇皇四顾，茫茫大地，不得不瞬其鹰目，涎其虎口，以暗吸明噬我四千年文明祖国、二万万里膏腴天府之支那。

第四节　今日世界之竞争国民竞争也

由此观之，今日欧美诸国之竞争，非如秦始皇、亚力山大、成吉思汗、拿破仑之徒之逞其野心，黩兵以为快也，非如封建割据之世，列国民贼缘一时之私忿，谋一时之私利，而兴兵构怨也，其原动力乃起于国民之争自存。以天演家物竞天择、优胜劣败之公例推之，盖有欲已而不能已者焉。故其争也，非属于国家之事，而属于人群之事；非属于君相之事，而属于民间之事；非属于政治之事，而属于经济（用日本名，今译之为资生）之事。故夫昔之争属于国家君相政治者，未必人民之所同欲也；今则人人为其性命财产而争，万众如一心焉。昔之争属于国家君相政治者，过其时而可以息也；今则时时为其性命财产而争，终古无已时焉。呜呼，危矣殆哉！当其冲者，何以御之？

第五节　中国之前途

哀时客曰：哀哉，吾中国之不知有国民也。不知有国民，于是误认国民之竞争为国家之竞争，故不得所以待之之道，而终为其所制也。待之之道若何？曰：以国家来侵者，则可以国家之力抵之；以国民来侵者，则必以国民之力抵之。国民力者，诸力中最强大而坚忍者也！欧洲国民力之发达，亦不过百余年间事耳，然挟之以挥斥八极，亭毒全球，游刃有余，贯革七札。虽然，彼其力所能及之国，必其国无国民力者也。

苟遇有国民力之国，则欧人之锋固不得不顿，而其舵固不得不转。何以证之？昔昔白种人以外之国，其有此力者殆希也，而三十年前一遇之于日本，近则再遇之于菲律宾，三遇之于德郎士哇儿（即南阿共和国，近与英国议开战者）。夫以三十年前之日本与今日之菲律宾、德郎士哇儿，比诸欧美诸雄，其强弱之相去不可道里计也，然欧美之锋为之顿而舵为之转者何也？以国民之力，抵他人国民竞争之来侵，其所施者当而其收效易易也。

今我中国国土云者，一家之私产也；国际（即交涉事件）云者，一家之私事也；国难云者，一家之私祸也；国耻云者，一家之私辱也。民不知有国，国不知有民，以之与前此国家竞争之世界相遇，或犹可以图存，今也在国民竞争最烈之时，其将何以堪之！其将何以堪之！！欧人知其病源也，故常以猛力威我国家，而常以暗力侵我国民。威国家何以用猛力？知国家之力必不足以抗我，而国事非民所能过问，民无爱国心，虽摧辱其国而莫予愤也。侵国民何以必用暗力？知政府不爱民，虽侵之而必不足以动其心，特恐民一旦知之，而其力将发而不能制，故行之以阴，受之以柔也。呜呼！今之铁路、矿务、关税、租界、传教之事，非皆以暗力行之者乎？充其利用暗力之极量，必至尽寄其力于今日之政府与各省官吏，挟之以钤压我国民，于是我国民永无觉悟之时，国民之力永无发达之时，然后彼之所谓生产过度、皇皇然争自存者，乃得长以我国为外府，而无复忧矣，此欧洲人之志也。呜呼！我国民其有知此者乎？苟其未知，吾愿其思所以知之；苟其已知，吾愿其思所以行之。行之维何？曰仍在国民力而已。国民何以能有力？力也者，非他人所能与我，我自有之而自伸之，自求之而自得之者也。彼欧洲国民之能有力，盖不知掷几许头颅、洒几许鲜血以易之矣。国民乎，国民乎，其犹其争自存之心乎，抑曾菲律宾、德郎士哇儿之不若也？

呵旁观者文

天下最可厌、可憎、可鄙之人，莫过于旁观者。

旁观者，如立于东岸，观西岸之火灾，而望其红光以为乐；如立于此船，观彼船之沈溺，而睹其凫浴以为欢。若是者，谓之阴险也不可，谓之狠毒也不可，此种人无以名之，名之曰无血性。嗟乎，血性者，人类之所以生，世界之所以立也；无血性，则是无人类、无世界也。故旁观者，人类之蟊贼，世界之仇敌也。

人生于天地之间，各有责任。知责任者，大丈夫之始也；行责任者，大丈夫之终也；自放弃其责任，则是自放弃其所以为人之具也。是故人也者，对于一家而有一家之责任，对于一国而有一国之责任，对于世界而有世界之责任。一家之人各各自放弃其责任，则家必落；一国之人各各自放弃其责任，则国必亡；全世界人人各各自放弃其责任，则世界必毁。

旁观云者，放弃责任之谓也。

中国词章家有警语二句，曰："济人利物非吾事，自有周公孔圣人。"中国寻常人有熟语二句，曰："各人自扫门前雪，不管他人瓦上霜。"此数语者，实旁观派之经典也，口号也。

而此种经典口号，深入于全国人之脑中，拂之不去，涤之不净。质而言之，即"旁观"二字代表吾全国人之性质也，是即"无血性"三字为吾全国人所专有物也。呜呼，吾为此惧！

旁观者，立于客位之意义也。天下事不能有客而无主，譬之一家，大而教训其子弟，综核其财产；小而启闭其门户，洒扫其庭除，皆主人之事也。主人为谁？即一家之人是也。一家之人，各尽其主人之职而家以成。若一家之人各自立于客位，父诿之于子，子诿之于父；兄诿之于弟，弟诿之于兄；夫诿之于妇，妇诿之于夫；是之谓无主之家。无主之家，其败亡可立而待也。惟国亦然。一国之主人为谁？即一国之人是也。西国之所以强者无他焉，一国之人各尽其主人之职而已。

中国则不然，入其国，问其主人为谁，莫之承也。将谓百姓为主人欤？百姓曰：此官吏之事也，我何与焉。将谓官吏为主人欤？官吏曰：我之尸此位也，为吾威势耳，为吾利源耳，其他我何知焉。若是乎一国虽大，竟无一主人也。无主人之国，则奴仆从而弄之，盗贼从而夺之，固宜。《诗》曰："子有庭内，弗洒弗扫。子有钟鼓，弗鼓弗考。宛其死矣，他人是保。"此天理所必不至也，于人乎何尤？

夫对于他人之家、他人之国而旁观焉，犹可言也。何也？

我固客也。（侠者之义，虽对于他国、他家亦不当旁观，今姑置勿论）。对于吾家、吾国而旁观焉，不可言也。何也？我固主人也。我尚旁观，而更望谁之代吾责也？大抵家国之盛衰兴亡，恒以其家中、国中旁观者之有无多少为差。国人无一旁观者，国虽小而必兴；国人尽为旁观者，国虽大而必亡。今吾观中国四万万人，皆旁观者也。谓余不信，请征其流派：

一曰浑沌派。此派者，可谓之无脑筋之动物也。彼等不知有所谓世界，不知有所谓国，不知何者为可忧，不知何者为可惧，质而论之，即不知人世间有应做之事也。饥而食，饱而游，困而睡，觉而起，户以内即其小天地，争一钱可以陨身命，彼等即不知有事，何所谓办与不办？既不知有国，何所谓亡与不亡？譬之游鱼居将沸之鼎，犹误为水暖之春江；巢燕处半火之堂，犹疑为照屋之出日。彼等之生也，如以机器制成者，能运动而不能知觉；其死也，如以电气殛毙者，有堕落而不有苦痛，蠕蠕然度数十寒暑而已。彼等虽为旁观者，然曾不自知其为旁观者，吾命之为旁观派中之天民。四万万人中属于此派者，殆不止三万五千万人。然此又非徒不识字、不治生之人而已。天下固有不识字、不治生之人而不浑沌者，亦有号称能识字、能治生之人而实大浑沌者。大抵京外大小数十万之官吏，应乡、会、岁、科试数百万之士子，满天下之商人，皆于其中十有九属于此派者。

二曰为我派。此派者，俗语所谓遇雷打尚按住荷包者也。

事之当办，彼非不知；国之将亡，彼非不知。虽然，办此事而无益于我，则我惟旁观而已；亡此国而无损于我，则我惟旁观而已。若冯道当五季鼎沸之际，朝梁夕晋，犹以五朝元老自夸；张之洞自言瓜分之后，尚不失为小朝廷大臣，皆此类也。彼等在世界中，似是常立于主位而非立于客位者。虽然，不过以公众之事业，而计其一己之利害；若夫公众之利害，则彼始终旁观者也。吾昔见日本报纸中有一段，最能摹写此辈情形者，其言曰：吾尝游辽东半岛，见其沿道人民，察其情态，彼等于国家存亡危机，如不自知者；彼等之待日本军队，不见为敌人，而见为商店之主顾客；彼等心目中，不知有辽东半岛割归日本与否之问题，惟知有日本银色与纹银兑换补水几何之问题。

此实写出魑魅魍魉之情状，如禹鼎铸奸矣。推为我之蔽，割数千里之地，赔数百兆之款，以易其衙门咫尺之地，而曾无所顾惜，何也？吾今者既已六七十矣，但求目前数年无事，至一瞑之后，虽天翻地覆非所问也。明知官场积习之当改而必不肯改，吾衣领饭碗之所在也。明知学校科举之当变而不肯变，吾子孙出身之所由也。此派者，以老聃为先圣，以杨朱为先师，一国中无论为官、为绅、为士、为商，其据要津、握重权者皆此辈也，故此派有左右世界之力量。一国聪明才智之士，皆走集于其旗下，而方在萌芽卵孵之少年子弟，转率仿效之，如麻疯、肺病者传其种于子孙，故遗毒遍于天下，此为旁观派中之最有魔力者。

三曰呜呼派。何谓呜呼派？彼辈以咨嗟太息、痛哭流涕为独一无二之事业者也。其面常有忧国之容，其口不少哀时之语，告以事之当办，彼则曰诚当办也，奈无从办起何；告以国之已危，彼则曰诚极危也，奈已无可救何；再穷诘之，彼则曰国运而已，天心而已。"无可奈何"四字是其口诀，"束手待毙"一语是其真传。如见火之起，不务扑灭，而太息于火势之炽炎；如见人之溺，不思拯援，而痛恨于波涛之澎派。

此派者，彼固自谓非旁观者也，然他人之旁观也以目，彼辈之旁观也以口。彼辈非不关心国事，然以国事为诗料；非不好言时务，然以时务为谈资者也。吾人读波兰灭亡之记，埃及惨状之史，何尝不为之感叹，然无益于波兰、埃及者，以吾固旁观也。吾人见菲律宾与美血战，何尝不为之起敬，然无助于菲律宾者，以吾固旁观也。所谓呜呼派者，何以异是！

此派似无补于世界，亦无害于世界者，虽然，灰国民之志气，阻将来之进步，其罪实不薄也。此派者，一国中号称名士者皆归之。

四曰笑骂派。此派者，谓之旁观，宁谓之后观。以其常立于人之背后，而以冷言热语批评人者也。彼辈不惟自为旁观者，又欲逼人使不得不为旁观者；既骂守旧，亦骂维新；既骂小人，亦骂君子；对老辈则骂其暮气已深，对青年则骂其躁进喜事；事之成也，则曰竖子成名；事之败也，则曰吾早料及。彼辈常自立于无可指摘之地，何也？不办事故无可指摘，旁观故无可指摘。已不办事，而立于办事者之后，引绳批根以嘲讽掊击，此最巧黠之术，而使勇者所以短气，怯者所以灰心也。岂直使人灰心短气而已，而将成之事，彼辈必以笑骂沮之；已成之事，彼辈能以笑骂败之。故彼辈者，世界之阴人也。夫排斥人未尝不可，己有主义欲伸之，而排斥他人之主义，此西国政党所不讳也。然彼笑骂派果有何主义乎？譬之孤舟遇风于大洋，彼辈骂风、骂波、骂大洋、骂孤舟，乃至遍骂同舟之人，若问此船当以何术可达彼岸乎，彼等瞠然无对也。何也？彼辈借旁观以行笑骂，失旁观之地位，则无笑骂也。

五曰暴弃派。呜呼派者，以天下为无可为之事；暴弃派者，以我为无可为之人也。笑骂派者，常责人而不责己；暴弃派者，常望人而不望己也。彼辈之意，以为一国四百兆人，其三百九十九兆九亿九万九千九百九十九人中，才智不知几许，英杰不知几许，我之一人岂足轻重。推此派之极弊，必至四百兆人，人人皆除出自己，而以国事望诸其余之三百九十九兆九亿九万九千九百九十九人。统计而互消之，则是四百兆人，卒至实无一人也。夫国事者，国民人人各自有其责任者也，愈贤智则其责任愈大，即愚不肖亦不过责任稍小而已，不能谓之无也。他人虽有绝大智慧、绝大能力，只能尽其本身分内之责任，岂能有分毫之代我？譬之欲不食而使善饭者为我代食，欲不寝而使善睡者为我代寝，能乎否乎？夫我虽愚不肖，然既为人矣，即为人类之一分子也，既生此国矣，即为国民之一阿屯也，我暴弃己之一身，犹可言也，污蔑人类之资格，灭损国民之体面，不可言也。故暴弃者实人道之罪人也。

六曰待时派。此派者，有旁观之实而不自居其名者也。夫待之云者，得不得未可必之词也。吾待至可以办事之时然后办之，若终无其时，则是终不办也。寻常之旁观则旁观人事，彼辈之旁观则旁观天时也。且必如何然后为可以办事之时，岂有定形哉？办事者，无时而非可办之时；不办事者，无时而非不可办之时。故有志之士，惟造时势而已，未闻有待时势者也。待时云者，欲觇风潮之所向，而从旁拾其余利，向于东则随之而东，向于西则随之而西，是乡愿之本色，而旁观派之最巧者也。

以上六派，吾中国人之性质尽于是矣。其为派不同，而其为旁观者则同。若是乎，吾中国四万万人，果无一非旁观者也；吾中国虽有四万万人，果无一主人也。以无一主人之国，而立于世界生存竞争最剧最烈、万鬼环瞰、百虎眈视之大舞台，吾不知其如何而可也。六派之中，第一派为不知责任之人，以下五派为不行责任之人，知而不行，与不知等耳。

且彼不知者犹有翼焉，冀其他日之知而即行也。若知而不行，则是自绝于天地也。故吾责第一派之人犹浅，责以下五派之人最深。

虽然，以阳明学知行各一之说论之，彼知而不行者，终是未知而已。苟知之极明，则行之必极勇。猛虎在于后，虽跛者或能跃数丈之涧；燎火及于邻，虽弱者或能运千钧之力。

何也？彼确知猛虎、大火之一至，而吾之性命必无幸也。夫国亡种灭之惨酷，又岂止猛虎、大火而已。吾以为举国之旁观者直未知之耳，或知其一二而未知其究竟耳。若真知之，若究竟知之，吾意虽箝其手、缄其口，犹不能使之默然而息，块然而坐也。安有悠悠日月，歌舞太平，如此江山，坐付他族，袖手而作壁上之观，面缚以待死期之至，如今日者耶？嗟乎！

今之拥高位，秩厚禄，与夫号称先达名士有闻于时者，皆一国中过去之人也。如已退院之僧，如已闭房之妇，彼自顾此身之寄居此世界，不知尚有几年，故其于国也有过客之观，其苟且以媮逸乐，袖手以终余年，固无足怪焉。若无辈青年，正一国将来之主人也，与此国为缘之日正长。前途茫茫，未知所届。国之兴也，我辈实躬享其荣；国之亡也，我辈实亲尝其惨。欲避无可避，欲逃无可逃，其荣也非他人之所得攘，其惨也非他人之所得代。言念及此，夫宁可旁观耶？夫宁可旁观耶？吾岂好为深文刻薄之言以骂尽天下哉？毋亦发于不忍旁观区区之苦心，不得不大声疾呼，以为我同胞四万万人告也。

旁观之反对曰任。孔子曰："天下有道，丘不与易也。"孟子曰："如欲平治天下，当今之世，舍我其谁也。"任之谓也。

吾今后所以报国者

吾二十年来之生涯，皆政治生涯也。吾自距今一年前，虽未尝一日立乎人之本朝，然与国中政治关系，殆未尝一日断。

吾喜摇笔弄舌，有所论议，国人不知其不肖，往往有乐倾听之者。吾问学既谫薄，不能发为有统系的理想，为国民学术辟一蹊径；吾更事又浅，且去国久，百与实际之社会阂隔，更不能参稽引申，以供凡百社会事业之资料。惟好攘臂扼腕以谭政治，政治谭以外，虽非无言论，然匣剑帷灯。意固有所属，凡归于政治而已。吾亦尝欲借言论以造成一种人物，然所欲造成者，则吾理想中之政治人物也。吾之作政治课也，常为自身感情作用所刺激，而还以刺激他人之感情，故持论亦屡变，而往往得相当之反响。畴昔所见浅，时或沾沾自喜，谓吾之多言，庶几于国之政治小有所裨，至今国中人犹或以此许之。虽然，呈今体察既确，吾历年之政治谭，皆败绩失据也。吾自问本心，未尝不欲为国中政治播佳种，但不知吾所谓佳种者，误于别择耶？将播之不适其时耶，不适其地耶？抑将又播之不以其道耶？要之，所获之果，殊反于吾始愿所期。

吾尝自讼，吾所效之劳，不足以偿所造之孽也。吾躬自为政治活动者亦既有年，吾尝与激烈派之秘密团体中人往还，然性行与彼辈不能相容，旋即弃去。吾尝两度加入公开之政治团体，遂不能自有所大造于其团体，更不能使其团体有所大造于国家，吾之败绩失据又明甚也。吾曾无所于悔，顾吾至今乃确信，吾国现在之政治社会，决无容政治团体活动之余地。以今日之中国人而组织政治团体，其于为团体分子之资格所缺实多。夫吾即不备此资格者之一人也，而吾所亲爱之俦侣，其各皆有所不备，亦犹吾也。吾于是日憬然有所感，以谓吾国欲组织健全之政治团体，则于组织之前更当有事焉，曰：务养成较多数可以为团体中健全分子之人物。然兹事终已非旦夕所克立致。未能致而强欲致焉，一方面既使政治团体之信用失坠于当世，沮其前途发育之机，一方面尤使多数有为之青年浪耗其日力于无结果之事业，甚则品格器量，皆生意外之恶影响。吾为此惧，故吾于政治团体之活动，遂不得不中止。吾又尝自立于政治之当局，迄今犹尸名于政务之一部分。虽然，吾自始固自疑其不胜任，徒以当时时局之急迫，政府久悬，其祸之中于国家者或不可测，重以友谊之敦劝，乃勉起以承其乏。其间不自揣，亦颇尝有所规画，思效铅刀之一割，然大半与现在之情实相阂，稍入其中，而知吾之所主张，在今日万难贯彻，而反乎此者，又恒觉于心有所未安。其权宜救时之政，虽亦明知其不得不尔，然大率为吾生平所未学，虽欲从事而无能为役。若此者，于全局之事有然，于一部分之事亦有然。是故援"陈力就列不能者止"之义，吁求引退，徒以元首礼意之殷渥，辞不获命，暂腼然滥竽今职。亦惟思拾遗补阙，为无用之用，而事实上则与政治之关系日趋于疏远，更得闲者，则吾政治生涯之全部，且将中止矣。

夫以二十年习于此生涯之人，忽焉思改其度，非求息肩以自暇逸也，尤非有所愤恶而逃之也。吾自始本为理论的政谭家，其能勉为实行的政务家与否，原不敢自信，今以一年来所经历，吾一面虽仍确信，理论的政治，吾中国将来终不可以蔑弃；吾一面又确信，吾国今日之政治，万不容拘律以理论。而现在佐元首以实行今日适宜之政治者，其能力实过吾倍蓰。以吾参加于诸公之列，不能多有所助于其实行，亦犹以诸公参加于吾之列，不能多有所助于吾理论也。夫社会以分劳相济为宜，而能力以用其所长为贵。吾立于政治当局，吾自审虽蚤作夜思、鞠躬尽瘁，吾所能自效于国家者有几？夫一年来之效既可睹矣。吾以此日力，以此心力，转而用诸他方面，安见其所自效于国家者，不有以加于今日？然则还我初服，仍为理论的政谭家耶？以平昔好作政谭之人，而欲绝口不谭政治，在势固必不能自克；且对于时政得失而有所献替，亦言论家之通责，吾岂忍有所讳避？虽然，吾以二十年来几度之阅历，吾深觉政治之基础恒在社会，欲应用健全之政论，则于论政以前更当有事焉。而不然者，则其政论徒供刺激感情之用，或为剿窃干禄之资，无论在政治方面，在社会方面，皆可以生意外之恶影响，非直无益于国而或反害之。

故吾自今以往，不愿更多为政谭，非厌倦也。难之故慎之也。

政谭且不愿多作，则政团更何有？故吾自今以往，除学问上或与二三朋辈结合讨论外，一切政治团体之关系，皆当中止，乃至生平最敬仰之师长，最亲习之友生，亦惟以道义相切劘，学艺相商榷；至其政治上之言论、行动，吾决不愿有所与闻，更不能负丝毫之连带责任。非孤僻也，人各有其见地，各有其所以自信者，虽以骨肉之亲，或不能苟同也。

夫身既渐远于政局，而口复渐稀于政谭，则吾之政治生涯，真中止矣。吾自今以往，吾何以报国者？吾思之，吾重思之，吾犹有一莫大之天职焉。夫吾固人也，吾将讲求人之所以为人者，而与吾人商榷之；吾固中国国民也，吾将讲求国民之所以为国民者，而与吾国民商榷之。人之所以为人，国民之所以为国民，虽若夫妇之愚可以与知乎，而吾国竟若有所未解，或且反其道恬不以为怪。质言之，则中国社会之堕落窳败，晦盲否塞，实使人不寒而栗。以智识才技之晻陋若彼，势必劣败于此物竞至剧之世，举全国而为饿殍；以人心风俗之偷窳若彼，势必尽丧吾祖若宗遗传之善性，举全国而为禽兽。在此等社会上而谋政治之建设，则虽岁变更其国体，日废置其机关，法令高与山齐，庙堂日昃不食，其亦易由致治，有蹙蹙以底于亡已耳！夫社会之敝，极于今日，而欲以手援天下，夫孰不知其难？虽然，举全国聪明才智之士，悉辏集于政界，而社会方面空无人焉，则江河日下，又何足怪？

吾虽不敏，窃有志于是，若以言论之力，能有所贡献于万一，则吾所以报国家之恩我者，或于是乎在矣！

论保全中国非赖皇帝不可

自甲午以前，吾国民不自知国之危也，不知国危则方且岸然自大，偃然高卧，故于时无所谓保全之说。自甲午以后，情见势绌，东三省之铁路继之，广西之土司继之，胶州湾继之，旅顺、大连湾、威海卫、广州湾、九龙继之，各省铁路、矿务继之，工江左右不让与他国，山东、云贵、两广、福建不让与他国之约纷纷继之，于是瓜分之形遂成，而保全中国之议亦不得不起。丙申、丁酉间，忧国之士，汗且喘走天下，议论其事而讲求其法者，杂遝然矣；然未得其下手之方，疾呼狂号，东西驰步，而莫知所凑泊。当时，四万万人未有知皇上之圣者也。自戊戌四月二十三日，而保全中国之事，始有所著，海内喁喁，想望维新矣。仅及三月，大变遽起，圣君被幽，新政悉废，于是保全之望几绝。识微之士，扼腕而嗟；虎狼之邻，耽目而视，佥曰：是固不可复保全矣。哀时客曰，吁！有是言哉？有是言哉？

哀时客曰，吾闻之议论家之言，为今日之中国谋保全者，盖有三说：

甲说曰，望西后、荣禄、刚毅等他日或能变法，则中国可保全也。

乙说曰，望各省督抚有能变法之人，或此辈入政府，则中国可保全也。

丙说曰，望民间有革命之军起，效美、法之国体以独立，则中国可保全也。

然而吾谓为此谈者，皆暗于中国之内情者也，今得一一取而辨之。

甲说之意，谓西后与荣禄等今虽守旧，而他日受友邦之忠告，或更值艰难，必当翻然变计也。辨之曰：夫龟之不能有毛，兔之不能生角，雄鸡之不能育子，枯树之不能生花，以无其本性也。故必有忧国之心，然后可以言变法；必知国之危亡，然后可以言变法；必知国之弱由于守旧，然后可以言变法；必深信变法之可以致强，然后可以言变法。今西后之所知者，娱乐耳；荣禄等之所知者，权势耳，岂尝一毫以国事为念哉？语以国之将危亡，彼则曰，此危言耸听也，此莠言乱政也。虽外受外侮，内生内乱，而彼等曾不以为守旧之所致，反归咎于维新之人，谓其长敌人之志气，散内国之民心。闻友邦忠告之言，则疑为新党所唆使而已。彼其愚迷，至死不悟，虽土地尽割，宗衬立陨，岂复有变计之时哉？故欲以变法自强望之于今政府，譬犹望法之路易十四以兴民权，望日本幕府诸臣以成维新也。且彼方倚强俄以自固，得为小朝廷以终其身，于愿已足，遑顾其他。此其心人人共知之。然则为甲说者，殆非本心之论，否则至愚之人耳，殆不足辨。

乙说之意，谓政府诸臣虽不足道，而各省督抚中如某某、某某者，号称通时务，素主变法，他日保全之机，或赖于此。

辨之曰：此耳食之言也。如某某者，任封疆已数十年，其所办之事，岂尝有一成效？彼其于各国政体，毫无所知，于富强本原，膛乎未察，胸中全是八股家习气，而又不欲失新党之声誉，于是摭拾皮毛，补苴罅漏，而自号于众曰，吾通西学。夫变法不变本原而变枝叶，不变全体而变一端，非徒无效，只增弊耳，彼某某者，何足以知之？即使知之，而又恐失旧党之声誉，岂肯任之？夫人必真有爱国心，然后可任大事，如某某者，吾非敢谓其不爱国也，然爱国之心究不如其爱名之心，爱名之心又不如其爱爵之心，故苟其事于国与名与爵俱利者，则某某必为之。必不得已而去，于斯三者何先？曰，去国。必不得已而去，于斯二者何先？曰，去名。今夫任国事者，众谤所归，众怨所集，名爵俱损，智者不为也。冯道大圣，胡广中庸，明哲之才，间世一出，太平润色，正赖此辈。惜哉，生非其时，遭此危局，欲望其补救，宁束手待亡耳。此外余子碌碌，更不足道。凡国民之有识者皆知之，亦不待辨。

丙说之意，以为政府腐败，不复可救，惟当从民间倡自主独立之说，更造新国，庶几有瘳。辨之曰：此殷忧愤激者之言，此事虽屡行于欧美，而不切于我中国今日之事势也。西国之所以能立民政者，以民智既开，民力既厚也。人人有自主之权，虽属公义，然当孩提之时，则不能不借父母之保护。

今中国尚孩提也，孩提而强使自主，时曰助长，非徒无益，将又害之。故今日倡民政于中国，徒取乱耳。民皆蚩蚩，伏莽遍地，一方有事，家揭竿而户窃号，莫能统一，徒鱼肉吾民；而外国借戡乱为名，因以掠地，是促瓜分之局也，是欲保全之而反以灭裂之也。

故今日议保全中国，惟有一策，曰尊皇而已。今日之变，为数千年之所未有；皇上之圣，亦为数千年之所未有（圣德之记，具详别篇）。天生圣人，以拯诸夏，凡我同胞，获此慈父，（易）曰："内文明而外柔顺，以蒙大难，文王以之。"今虽幽废，犹幸生存，天之未绝中国欤！凡我同胞，各厉乃志，各竭乃力，急君父之难，待他日之用，扶国家之敝，杜强敌之谋。勿谓一篑小，积之将成丘陵；勿谓涓滴微，合之将成江海。人人心此心，日日事此事，中国将赖之，四万万同胞将赖之。

少年中国说

日本人之称我中国也，一则曰老大帝国，再则曰老大帝国。是语也，盖袭译欧西人之言也。呜呼！我中国其果老大矣乎？梁启超曰：恶，是何言！是何言！吾心目中有一少年中国在。

欲言国之老少，请先言人之老少：老年人常思既往，少年人常思将来。惟思既往也，故生留恋心；惟思将来也，故生希望心。惟留恋也，故保守；惟希望也，故进取。惟保守也，故永旧；惟进取也，故日新。惟思既往也，事事皆其所已经者，故惟知照例；惟思将来也，事事皆其所未经者，故常敢破格。老年人常多忧虑，少年人常好行乐。惟多忧也，故灰心，惟行乐也，故盛气。惟灰心也，故怯懦；惟盛气也，故豪壮。惟怯懦也，故苟且；惟豪壮也，故冒险。惟苟且也，故能灭世界；惟冒险也，故能造世界。老年人常厌事，少年人常喜事。惟厌事也，故常觉一切事无可为者；惟好事也，故常觉一切事无不可为者。老年人如夕照，少年人如朝阳；老年人如瘠牛，少年人如乳虎；老年人如僧，少年人如侠；老年人如字典，少年人如戏文；老年人如鸦片烟，少年人如泼兰地酒；老年人如别行星之陨石，少年人如大洋海之珊瑚岛；老年人如埃及沙漠之金字塔，少年人如西伯利亚之铁路；老年人如秋后之柳，少年人如春前之草；老年人如死海之潴为泽，少年人如长江之初发源：此老年与少年性格不同之大略也。梁启超曰：人固有之，国亦宜然。

梁启超曰：伤哉，老大也！浔阳江头琵琶妇，当明月绕船，枫叶瑟瑟，衾寒于铁，似梦非梦之时，追想洛阳尘中春花秋月之佳趣；西宫南内，白发宫娥，一灯如穗，三五对坐，谈开元、天宝间遗事，谱霓裳羽衣曲；青门种瓜人，左对孺人，顾弄孺子，忆侯门似海珠履杂逻之盛事；拿破仑之流于厄蔑，阿剌飞之幽于锡兰，与三两监守吏或过访之好事者，道当年短刀匹马，驰骋中原，席卷欧洲，血战海楼，一声叱咤，万国震恐之丰功伟烈，初而拍案，继而抚髀，终而揽镜。呜呼！面皱齿尽，白发盈把，颓然老矣。若是者舍幽郁之外无心事，舍悲惨之外无天地，舍颓唐之外无日月，舍叹息之外无音声，舍待死之外无事业，美人豪杰且然，而况于寻常碌碌者耶？生平亲友，皆在墟墓，起居饮食，待命于人，今日且过，遑知他日，今年且过，遑恤明年，普天下灰心短气之事，未有甚于老大者。于此人也，而欲望以拏云之手段，回天之事功，挟山超海之意气，能乎不能？

呜呼！我中国其果老大矣乎？立乎今日，以指畴昔，唐虞三代，若何之郅治；秦皇汉武，若何之雄杰；汉唐来之文学，若何之隆盛；康乾间之武功，若何之烜赫；历史家所铺叙，词章家所讴歌，何一非我国民少年时代良辰美景赏心乐事之陈迹哉。而今颓然老矣，昨日割五城，明日割十城，处处雀鼠尽，夜夜鸡犬惊，十八省之土地财产，已为人怀中之肉，西百兆之父兄子弟，已为人注籍之奴，岂所谓"老大嫁作商人妇"者耶？呜呼！凭君莫话当年事，憔悴韶光不忍看，楚囚相对，岌岌顾影，人命危浅，朝不虑夕，国为待死之国，一国之民为待死之民，万事付之奈何，一切凭人作弄，亦何足怪。

梁启超曰：我中国其果老大矣乎？是今日全地球之一大问题也。如其老大也，则是中国为过去之国，即地球上昔本有此国，而今渐渐灭，他日之命运殆将尽也；如其非老大也，则是中国为未来之国，即地球上昔未现此国，而今渐发达，他日之前程且方长也。欲断今日之中国为老大耶？为少年耶？则不可不先明国字之意义。夫国也者何物也？有土地；有人民；以居于其土地之人民而治其所居之土地之事；自制法律而自守之，有主权，有服从，人人皆主权者，人人皆服从者。夫如是斯谓之完全成立之国。地球上之有完全成立之国也，自百年以来也。完全成立者，壮年之事也；未能完全成立而渐进于完全成立者，少年之事也。故吾得一言以断之曰：欧洲列邦在今日为壮年国，而我中国在今日为少年国。

夫古昔之中国者，虽有国之名，而未成国之形也。或为家族之国，或为酋长之国，或为诸侯封建之国，或为一王专制之国，虽种类不一，要之其于国家之体质也，有其一部而缺其一部。正如婴儿自胚胎以迄成童，其身体之一二官支，先行长成，此外则全体虽粗具，然未能得其用也。故唐虞以前为胚胎时代，殷周之际为乳哺时代，由孔子而来至于今为童子时代，逐渐发达，而今乃始将入成童以上少年之界焉。其长成所以若是之迟者，则历代之民贼有窒其生机者也。譬犹童年多病，转类老态，或且疑其死期之将至焉，而不知皆由未完全未成立也。非过去之谓，而未来之谓也。

且我中国畴昔，岂尝有国家哉，不过有朝廷耳。我黄帝子孙，聚族而居，立于此地球之上者既数千年，而问其国之为何名，则无有也。夫所谓唐、虞、夏、商、周、秦、汉、魏、晋、宋、齐、梁、陈、隋、唐、宋、元、明、清者，则皆朝名耳。朝也者，一家之私产也；国也者，人民之公产也。朝有朝之老少，国有国之老少，朝与国既异物，则不能以朝之老少而指为国之老少明矣。文、武、成、康，周朝之少年时代也；幽、厉、桓、赧，则其老年时代也。高、文、景、武，汉朝之少年时代也；元、平、桓、灵，则其老年时代也。自馀历朝，莫不有之，凡此者，谓为一朝廷之老也则可，谓为一国之老也则不可。一朝廷之老且死，犹一人之老且死也，于吾所谓中国者何与焉。然则，吾中国者，前此尚未出现于世界，而今乃始萌芽云尔。天地大矣，前途辽矣，美哉，我少年中国乎！

玛志尼者，意大利三杰之魁也。以国事被罪，逃窜异邦，乃创立一会，名曰少年意大利。举国志士，云涌雾集以应之，卒乃光复旧物，使意大利为欧洲之一雄邦。夫意大利者，欧洲第一之老大国也，自罗马亡后，土地隶于教皇，政权归于奥国，殆所谓老而濒于死者矣，而得一玛志尼，且能举全国而少年之，况我中国之实为少年时代者耶？堂堂四百余州之国土，凛凛四百余兆之国民，岂遂无一玛志尼其人者。

龚自珍氏之集有诗一章，题曰《能令公少年行》，吾尝爱读之，而有味乎其用意之所存。我国民而自谓其国之老大也，斯果老大矣；我国民而自知其国之少年也，斯乃少年矣。西谚有之曰："有三岁之翁，有百岁之童。"然则国之老少，又无定形，而实随国民之心力以为消长者也。吾见乎玛志尼之能令国少年也，吾又见乎我国之官吏士民能令国老大也，吾为此惧！夫以如此壮丽浓郁翩翩绝世之少年中国，而使欧西、日本人谓我为老大者何也？则以握国权者皆老朽之人也。非哦几十年八股，非写几十年白折，非当几十年差，非捱几十年俸，非递几十年手本，非唱几十年诺，非磕几十年头，非请几十年安，则必不能得一官，进一职。其内任卿贰以上，外任监司以上者，百人之中，其五官不备者，殆九十六七人也，非眼盲，则耳聋，非手颤，则足跛，否则半身不遂也。彼其一身饮食步履视听言语，尚且不能自了，须三四人在左右扶之捉之，乃能度日，于此而乃欲责之以国事，是何异立无数木偶而使之治天下也。且彼辈者，自其少壮之时，既已不知亚细、欧罗为何处地方，汉祖、唐宗是那朝皇帝；犹嫌其顽钝腐败之未臻其极，又必搓磨之，陶冶之，待其脑髓已涸，血管已塞，气息奄奄，与鬼为邻之时，然后将我二万里山河，四万万人命，一举而畀于其手。呜呼！老大帝国，诚哉其老大也。而彼辈者，积其数十年之八股、白折、当差、捱俸、手本、唱诺、磕头、请安，千辛万苦，千苦万辛，乃始得此红顶花翎之服色，中堂大人之名号，乃出其全副精神，竭其毕生力量，以保持之。如彼乞儿，拾金一锭，虽轰雷盘旋其顶上，而两手犹紧抱其荷包，他事非所顾也，非所知也，非所闻也。于此而告之以亡国也，瓜分也，彼乌从而听之，乌从而信之。即使果亡矣，果分矣，而吾今年既七十矣八十矣，但求其一两年内，洋人不来，强盗不起，我已快活过了一世矣。

若不得已，则割三头两省之土地，奉申贺敬，以换我几个衙门；卖三几百万之人民作仆为奴，以赎我一条老命，有何不可，有何难办。呜呼！今之所谓老后、老臣、老将、老吏者，其修身、齐家、治国、平天下之手段，皆具于是矣。"西风一夜催人老，凋尽朱颜白尽头。"使走无常当医生，携催命符以祝寿，嗟乎痛哉！以此为国，是安得不老且死，且吾恐其未及岁而殇也。

梁启超曰：造成今日之老大中国者，则中国老朽之冤业也；制出将来之少年中国者，则中国少年之责任也。彼老朽者何足道，彼与此世界作别之日不远矣，而我少年乃新来而与世界为缘。如僦屋者然，彼明日将迁居地方，而我今日始入此室处。将迁居者，不爱护其窗棂，不洁治其庭庑，俗人恒情，亦何足怪。若我少年者，前程浩浩，后顾茫茫，中国而为牛、为马、为奴、为隶，则烹脔鞭棰之惨酷，惟我少年当之；中国如称霸宇内，主盟地球，则指挥顾盼之尊荣，惟我少年享之，于彼气息奄奄，与鬼为邻者，何与焉？彼而漠然置之，犹可言也；我而漠然置之，不可言也。使举国之少年而果为少年也，则吾中国为未来之国，其进步未可量也；使举国之少年而亦为老大也，则吾中国为过去之国，其渐亡可翘足而待也。故今日之责任，不在他人，而全在我少年。少年智则国智，少年富则国富，少年强则国强，少年独立则国独立，少年自由则国自由，少年进步则国进步，少年胜于欧洲则国胜于欧洲，少年雄于地球则国雄于地球。红日初升，其道大光；河出伏流，一泻汪洋。潜龙腾渊，鳞爪飞扬；乳虎啸谷，百兽震惶。鹰隼试翼，风尘吸张；奇花初胎，矞矞皇皇。干将发硎，有作其芒。天戴其苍，地履其黄。纵有千古，横有八荒。前途似海，来日方长。美哉我少年中国，与天不老；壮哉我中国少年，与国无疆！

"三十功名尘与土，八千里路云和月。莫等闲，白了少年头，空悲切。"此岳武穆《满江红》词句也，作者自六岁时即口受记忆，至今喜诵之不衰。自今以往，弃"哀时客"之名，更自名曰"少年中国之少年"。

新民议

叙论

天下必先有理论然后有实事，理论者实事之母也。凡理论皆所以造实事，虽高尚如宗教之理论，渊远如哲学之理论，其目的之结果，要在改良人格，增上人道，无一非为实事计者；而自余政治家言、法律家言、群学家言、生计家言，更无论矣。故理论而无益于实事者，不得谓之真理论。

虽然，理论亦有二种：曰理论之理论，曰实事之理论。理论之理论者，又实事之理论之母也。二者之范围，不能划然。

比较而论之，则宗教、哲学等，可谓理论之理论；政治学、法律学、群学、生计学等，可谓之实事之理论。虽然，其中又有等差焉，即以生计学一部论之，有所谓生计学原理者，有所谓应用生计学者，有所谓生计政策者。以第一类与第二类比较，则前者为理论之理论，后者为实事之理论；以第一、第二类与第三类比较，则前二皆理论之理论，后一为实事之理论。推之他学，莫不皆然。

理论之理论，与实事之理论，两者亦有先后乎？曰：两者互为先后。民智程度尚低之时，其人无归纳综合之识想，惟取目前最近之各问题，研究其利害得失，故实事之理论先，而理论之理论后。虽然，此等理论，其谬误者，恒十而八九。及民智稍进，乃事事而求其公例，学学而探其原理，公例原理之既得，乃推而按之于群治种种之现象，以破其弊而求其是，故理论之理论先，而实事之理论反在后。此各国学界所同经之阶级也。吾中国自今以前，皆为最狭隘、最混杂、最谬误的种种"实事理论"之时代；至于今日，而所谓理论之理论者，始萌芽焉；若正确的实事之理论，犹瞠乎远也。

两者亦有优劣乎？曰：无也。理论之理论，其范围广远，其目的高尚，然非有实事之理论，则无以施诸用；实事之理论，其范围繁密，其目的切实，然非有理论之理论，则无以衡其真。二者相依以成，缺一不可。欲以理论易天下者，不可不于此两者焉并进之。

余为《新民说》，欲以探求我国民腐败堕落之根原，而以他国所以发达进步者比较之，使国民知受病所在，以自警厉、自策进，实理论之理论中最粗浅、最空衍者也，抑以我国民今日未足以语于实事界也。虽然，为理论者，终不可不求其果于实事；而无实事之理论，则实事终不可得见。今徒痛恨于我国之腐败堕落，而所以救而治之者，其道何由？徒艳美他国之发达进步，而所以蹶而齐之者，其道何由？此正吾国民今日最切要之问题也。以鄙人之末学寡识，于中外各大哲高尚闳博之理论，未窥万一，加以中国地大物博，国民性质之复杂，历史遗传之繁远，外界感受之日日变异，而国中复无统计，无比例，今乃欲取一群中种种问题而研究之、论定之，谈何容易，谈何容易？虽然，国民之责任，不可以不自勉；报馆之天职，不可以不自认。不揣梼昧，欲更为实事之理论，以与爱群爱国之志士相商榷、相策厉，此《新民议》所由作也。

吾思之，吾重思之，今日中国群治之现象，殆无一不当从根柢处摧陷廓清，除旧而布新者也。天演物竞之理，民族之不适应于时势者，则不能自存。我国数千年来，以锁国主义立于大地，其相与竞者，惟在本群，优劣之数，大略相等，虽其中甲胜乙败，乙胜甲败，而受其敝者，不过本群中一部分，而其他之部分，亦常有所偏进而足以相偿。故合一群而统计之，觉其仍循进化之公例，日征月迈，而有以稍善于畴昔，国人因相以安焉，谓此种群治之组织，不足为病也。一旦与他民族之优者相遇，形见势绌，著著失败，在在困衡，国人乃眙骇相视，知其然而不知其所以然。其稍有识者，谓是皆由政府之腐败、官吏之桎梏使然也。夫政府、官吏之无状，为一国退化之重要根原，亦何待言？而谓舍此一端以外，余者皆尽美尽善，可以无事改革，而能存立于五大洲竞争之场，吾见其太早计矣！我国以开化最古闻于天下，当三千年前欧西榛榛狉狉之顷，而我之声明文物，已足与彼中之中世史相埒。由于自满自情，墨守旧习，至今阅三千余年，而所谓家族之组织，国家之组织，村落之组织，社会之组织，乃至风俗、礼节、学术、思想、道德、法律、宗教一切现象，仍当然与三千年前无以异。夫此等旧组织、旧现象，在前此进化初级时代，何尝不为群治之大效？而乌知夫顺应于昔日者，不能顺应于今时，顺应于本群者，不能顺应于世界，驯至今日千疮百孔，为天行大圈所淘汰，无所往而不败矣。其所以致衰弱者，原因复杂而非一途，故所以为救治者，亦方药繁重而非一术。呜呼，此岂可以专责诸一二人，专求诸一二事云尔哉！吾故今就种种方面，普事观察，将其病根所在，爬罗剔抉，而参取今日文明国通行之事实，按诸我国历史之遗传与现今之情状，求其可行，蕲其渐进，作《新民议》。

禁早婚议

言群者必托始于家族，言家族者必托始于婚姻，婚姻实群治之第一位也。中国婚姻之俗，宜改良者不一端，而最重要者厥为早婚。

凡愈野蛮之人，其婚姻愈早；愈文明之人，其婚嫁愈迟。

征诸统计家言，历历不可诬矣。婚嫁之迟早，与身体成熟及衰老之迟早，有密切关系，互相为因，互相之果（惟其早熟早老，故不得不早婚，则乙为因而甲为果；以早婚之故，所遗传之种愈益早熟早老，则甲为因而乙为果）。社会学公理，凡生物应于进化之度，而成熟之期，久暂各异。进化者之达于成熟，其所历岁月必多，以人与鸟兽较，其迟速彰然矣。虽同为人类，亦莫不然，劣者速熟，优者晚成，而优劣之数，常与婚媾之迟早成比例。印度人结婚最早，十五而生子者以为常，而其衰落亦特速焉。欧洲人结婚最迟（就中条顿民族尤甚），三十未娶者以为常，而其民族强建，老而益壮。中国、日本人之结婚，迟于印度而早于欧洲，故其成熟衰老之期限，亦在两者之间。故欲观民族文野之程度，亦于其婚媾而已。即同一民族中，其居一于山谷鄙野者，婚嫁之年，必视都邑之民较早，而其文明程度，亦恒下于都邑一等，盖因果相应之理，丝毫不容假借者也。

吾今请极言早婚之害：

（一）害于养生也。少年男女，身体皆未成熟，而使之居室，妄研丧其元气，害莫大焉。不特此也，年既长者，情欲稍杀，自治之力稍强，常能有所节制，而不至伐性；若年少者，其智力既稚，其经验复浅，往往溺一时肉欲之乐，而忘终身痼疾之苦，以此而自戕，比比然矣。吾闻伦理学家言："凡人各对于己而有当尽之义务。"盖以人之生也，今日之利害，往往与明日之利害相背驰，纵一时之情欲，即为后日堕落苦海之厉阶。故夫人生中寿六十年，析而分之，凡得二万一千九百十五日，日日之利害既各相异，则是一日可当一人观也。然则六十年中，恰如有各异利害之二万人者，互相继续，前后而列居，其现象与二万余人同时并居于一社会者同，不过彼横数而此竖计云尔。此二万余人中，若有一人焉，纵欲过度，为躯干伤，则列其后者，必身受其纵欲所生之祸，其甚焉者则中道夭折焉，其次焉者亦半生萎废焉。中道夭折，则是今日之我，杀来日之我也；半生萎废，则是今日之我，侵来日之我之自由也。夫以一人杀一人，以一人侵一人之自由，就法律上犹必按其害群之罪而痛惩之，况于以今日之一我，而杀来日之万数千我，而侵来日之万数千我之自由，其罪之重大，岂复巧历所能算也。一群之人，互相杀焉，互相侵自由焉，则其群必不能成立，此尽人所同解也。由此言之，苟一群中人人皆自杀焉，人人皆自侵其自由焉，则其群效之结果，更当何似也。夫孰知早婚一事，正自杀之利刃，而自侵自由之专制政体也。夫我中国民族，无活泼之气象，无勇敢之精神，无沈雄强毅之魄力，其原因虽非一端，而早婚亦实尸其咎矣。一人如是，则为废人；积人成国，则废为国。中国之弱于天下，皆此之由！

（二）害于传种也。中国人以善传种闻于天下。综世界之民数，而吾国居三之一焉，盖亦足以自豪矣。虽然，顾可恃乎？

据生物学家言：天地间日日所产出之物，其数实恒河沙无量数，不可思议，使生焉者而即长成焉，则夫一雄一雌之所产（无论为植物，为动物，为人类），不及千年，而其子孙即充满于全球，而无复余锥之地。然则今日之苗焉、泳焉、飞焉、走焉、蠕焉、步焉、制作焉于此世界者，不过其所卵、所胎、所产之同类亿万京垓中之一而已。孵者亿而育者一，育者亿而活者一，活者亿而长成者一，其淘汰之酷祸，若兹其难避也。故夫人之所以贵于物，文明人之所以贵于野蛮者，不在其善孵、善育也，而在善有以活之，善有以长成之。传种之精义，如是而已。活之、长成之之道不一端，而体魄之健壮，养教之得宜，其尤要也。故欲对于一国而尽传种之义务者，（第一）必须其年龄有可以为人父母之资格；（第二）必须其能力可以荷为人父母之责任。如是者，则能为一国得佳种；不然者，徒耗其传种力于无用之地。不宁惟是，且举一国之种子则腐败之，国未有不悴者也。吾中国以家族为本位者也（西人以一人为本位，中国以一家族为本位，此其理颇长，容别著论论之），昔贤之言曰："不孝有三，无后为大。"举国人皆于此兢兢焉。有子女者，甫离襁褓，其长亲辄孳孳然以代谋结婚为一大事。甚至有年三十而抱孙者，则戚族视为家庆，社会以为人瑞。彼其意岂不曰：是将以昌吾后也。而乌知夫此秀而不实之种，其有之反不如其无之之为愈也。接统计学家言：凡各国中人民之废者、疾者、夭者、弱者、钝者、犯罪者，大率早婚之父母所产子女居其多数（美国玛乐斯密、日本吴文聪所著统计各书，列表甚详，今避繁不具引）。盖其父母之身体与神经，两未发达，其资格不足以育佳儿也（论者或驳此论，而举古今名人中亦有属于早婚者之子以为证。不知此特例外偶见之事耳，凡论事总不能举例外，必当以多数为凭。如彼主张女权者，举妇女中一二优秀之人，以为妇女脑力不劣于男子之证；又如中国回护科举者，谓科举中亦往往有人才，而以为科举无弊，皆非笃论也。加藤弘之《天则百话》曾著论《答客难》，今不具引）。故彼早婚者之子女，当其初婚时代之所产，既已以资格不足，无以得佳种；及其婚后十年或二十年，男女既已成熟，宜若所产者良矣，而无如此十年、二十年中，已犯第一条害于养生之公例，斫丧殆尽，父母俱就尪弱，而又因以传其尪弱之种于晚产之子，是始终皆尪弱也。夫我既以早婚而产弱子，则子既弱于我躬；子复以早婚而产弱孙，则孙又将弱于我子。如是递传递弱，每下愈况，虽我祖宗有雄健活泼虎视一世之概，其何堪数传之渐灭也？抑尪弱之种，岂惟无益于父母之前途，而见累又甚焉。一家之子弟尪弱，则其家必落；一国之子弟尪弱，则其国必亡。昔斯巴达人有产子者，必经政府验视，苟认其体魄为不合于斯巴达市民之资格，则隘巷寒冰，弃之不稍顾惜，岂酷忍哉？以为非如是，则其种族不足以竞优胜于世界也。而中国人惟以多产子为人生第一大幸福，而不复问其所产者为如何，执是宗旨，则早婚宁非得策欤？中国民数所以独冠于世界者，曰惟早婚之赐；中国民力所以独弱于世界者，曰惟早婚之报。夫民族所以能于立天地者，惟其多乎？惟其强耳！谚曰："鸷鸟累百，不如一鹗。"以数万之英人（现英国驻印度之常备兵仅八万人），驭三万万之印度，而戢戢然矣。我国民旅居外国者不下数百万，而为人牛马；外国人旅居我国者不过一万，而握我主权。种之繁固足恃耶？畴昔立于无外竞之地，优劣胜败，一在本族，何尝不可以自存？其奈膨胀而来者之日日肉薄于吾旁也。故自今以往，非淘汰弱种，独传强种，则无以复延我祖宗将绝之祀。

昔贤所谓"不孝有三，无后为大"，正此之谓也。一族一家无后，犹将为罪；一国无后，更若之何？欲国之有后，其必自禁早婚始。

（三）害于养蒙也。国民教育之道之端，而家庭之教与居一焉。儿童当在抱时，当绕膝时，最富于模仿之性。为父母者示之以可法之人格，因其智识之萌芽而利导之，则他日学校之教，社会之教，事半功倍。此义也，稍治教育学者，皆能言之矣。凡人必学业既成，经验既多，然后其言论举动，可以为后辈之模范，故必二十五岁或三十岁以上，乃有可以为人父母之能力。彼早婚者，藐躬固犹有童心也，而已突如弁兮，然代一国荷教育子弟之责任。夫岂无一二早慧之流，不辜其责者，然以不娴义方而误其婴儿者，固十而八九矣。自误其儿何足惜，而不知吾儿者，非吾所能独私也，彼实国民一分子，而为一国将来之主人翁也。一国将来之主人翁，而悉被戕于今日愦愦者之手，国其尚有豸乎？故不禁早婚，则国民教育将无所施也。

（四）害于修学也。早婚非徒为将来教育之害也，而又为现在教育之害。各国教育通例，大率小学七八年，中学五六年，大学三四年，故欲受完全教育者，其所历必在十五六年以上。

常人大抵七八岁始就傅，则其一专门学业之成就，不可不俟诸二十二三岁以外。其前乎此者，皆所谓修学年龄也。此修学年龄中，一生之升沈荣枯，皆于是定焉。苟有所旷、有所废，则其智、德、力三者，必有以劣于他人，而不足竞胜于天择之界。一人而旷焉、废焉，则其人在本群中为劣者；一群之人而皆旷焉、废焉，则其群在世界中为劣者。早婚者举其修学年龄中最重要之部分，忽投诸春花秋月、缠绵歌泣、绻恋床第之域，销磨其风云进取之气，耗损其寸阴尺璧之时，虽有慧质，亦无暇从事于高等事业，乃不得不改而就下等劳力以自赡。此辈之子孙日多，即一群中下等民族所以日增也。国民资格渐趋卑下，皆此之由。

（五）害于国计也。生计学公理，必生利者众，分利者寡，而后国乃不蹶。故必使一国之人，皆独立自营，不倚赖于人，不见累于人，夫是以民各尽其力，而享其所尽之力之报，一国中常绰绰若有余裕，此国力之所由舒也。准此公例，故人必当自量其一岁所入，于自赡之外，犹足俯畜妻子，然后可以结婚。夫人当二十以前，其治生之力，未能充实，势使然矣。

故必俟修学年龄既毕，确执一自营自活之职业，不至累人，不至自累，夫乃可以语于婚姻之事。今早婚者，其本身方且仰食于父母，一旦受室，不及数年，儿女成行，于此而不养之乎，则为对于将来之群而不尽责任；于此而养之乎，我躬治产之力，尚且不赡，势不得不仍仰给于我之父母。夫我之一身而直接仰给于我之父母，其累先辈既已甚矣；乃至并我之妻子而复间接以仰给于我之父母，我父母生产力虽极大，其安能以一人而荷十数口之责任也？夫我中国民俗，大率皆以一人而荷十数口之责任者也，故所生之利，不足以偿所分，而一国之总殖日微，然其咎不在累于人者而在累人者。无力养妻子而妄结婚，是以累人为业也，一群之蠹，无耻之尤也。不宁惟是，谚有之："贫者恒多子。"贫者之多子也，非生理学上公例然也。彼以其早婚之故，男女居室之日太永，他无所事，而惟以制造小儿为业，故子愈多，子愈多则愈益贫。贫也者，非多子之因，而多子之果也。贫而多子，势必虽欲安贫而不可得，悍者将为盗贼，黠者将为棍谝，弱者将为乞丐，其子女亦然。产于此等之家，其必无力以受教育，岂待问哉？

既已生而受弱质矣，又复无教育以启其智而养其德，更迫于饥寒而不得所以自活之道，于是男为流氓，女为娼妓。然则其影响岂惟在生计上而已？一群之道德法律，且将扫地以尽。

夫孰知早婚之祸之如是其剧而烈也！

据统计家所调查报告，凡愈文明之国，其民之结婚也愈迟；愈野蛮之国，其民之结婚也愈早。故现代诸国中，其结婚平均年龄最早者为俄罗斯，次为日本（吾中国无统计，无从考据，大约必更早于日本也）；最迟者为挪威，次为普鲁士，次为英吉利。（据玛乐斯密所报，则普鲁士平均男之年二十九岁有奇，女之年二十六有奇；英国平均男之年二十八有奇，女之年二十六有奇；挪威平均男之年三十有奇，女之年二十七有奇）。而各国递迟之率，日甚一日，今恒有异于昔，英国其尤著者也（英国当一八八〇年，初婚之男平均年二十五零八月，初婚之女平均年二十四零四月。及一八九〇年，男平均年二十六零四月，女平均年二十四零八月）。近十年来，其迟率益增。

又英国人二十一岁以下而结婚者，其数日减一日，当一八七四年，计百人中男子之未成年（二十一岁为成年）结婚者，仅八人，女子仅廿二人。一八九〇年男子仅五人有奇，女子仅十九人。而普鲁士则早婚之风，殆将尽绝（一八九一年，普国统计男子未成年而结婚者，不过百人中之一人零二分六厘，女子不过百人中之十六人零五分）。由此言之，斯事之关于国家盛衰，岂浅鲜耶？不宁惟是，一国之中，凡执业愈高尚之人，则其结婚也愈迟；执业愈卑贱之人，则其结婚也愈早。大抵矿夫、印刷职工、制造职工等为最早，文学家、技术家、政治家、教士、军人等为最迟（据英国一八八四年统计，则矿夫、职工等之结婚，男子平均二十四岁有奇，女子平均二十二三岁。其自由业、独立者，男子平均三十一岁有奇，女子平均二十六岁有奇。各国比例皆如此）。然则结婚早迟之率，自一人论，可以判其人格之高下；自一国论，则可以战其国运之荣枯。呜呼，可不念耶！可不悚耶！社会学家言：早婚之弊固多，而晚婚之弊亦不少。（其一）则夫妇之间，年龄相远，故其结婚不基于爱情而基于肉欲，将有伤伦害俗之事也；（其二）则男女居室之岁月益短缩，所产子女愈少，甚且行避姙之法，使人口繁殖之道将绝，近代之法国，是其例也；（其三）则单身独居，非常人之情所能久堪，其间能自节制者少，男女皆酿种种恶德，因以伤害健康、败坏风俗也。三弊之中，其前二端，非吾中国今日所宜虑及，其第三端，则亦视乎教育之道何如耳？若德育不兴，则虽如今日之早婚，斯弊亦安得免？故吾以为今日之中国，欲改良群治，其必自禁早婚始！

《礼经》曰："男子三十而娶，女子二十而嫁。"於戏！先圣制作之精意，倜乎远哉？

此等问题，在今日忧国士夫，或以为不急之务。虽然，一国之盛衰，其原因必非徒在一二人、一二事也，必使一国国民，皆各能立于此竞争世界，而有优胜之资格。故其为道也，必以改良群俗为之原。日本政治上之形式，以视欧美，几于具体而微，而文明程度，犹瞠乎其后者，群俗之未可以骤易也。我国即使政治革新之目的既达，而此后所以谋进步者，固不可不殚精竭虑于此等问题。况夫群俗不进，则并政治上之目的，亦未见其能达也。故吾国民不必所待，以为吾先从事于彼，而此暂置为缓图也。见其为善，则迁之若不及；见其为弊，则克之务必胜。天下应尽之义务多矣，吾辈岂有所择焉？况乎此等问题，不必借政府之力，人人自认之而自行之，久之亦足以动政府。数年前禁缠足之论，其明效矣。故今为《新民议》，于此等事往往三致意焉。忧时之士，其或鉴之！不然，宁不见夫今日之日本，始盛倡风俗改良、社会改良，而末流之滔滔，犹未能变也。斯事之难如此，吾侪可以谋其豫矣。著者附识。

革命相续之原理及其恶果

自民国建号以来，仅十余月，而以二次革命闻者，几于无省无之，其甚者则三四次（如湘、如蜀），乃至七八次（如鄂），最近则江西之叛，尤其章明较著者也。论者或以为当局失政，宜有以召之；或谓彼好乱之辈，其狼子野心，实有以异于人。斯二说者固各明一义，虽然，非其至也。历观中外史乘，其国而自始未尝革命，斯亦已耳，既经一度革命，则二度、三度之相寻相续，殆为理势之无可逃避。我国历代鼎革之交，群雄扰攘，四海鼎沸，迭兴迭仆，恒阅数十年而始定。然犹得曰专制私天下，宜奖攘夺，非所以论于共和之始也。夫言革命、言共和者，必以法兰西为祖之所自出，然法国自大革命以后，革命之波相随属者亘八十年，政体凡三四易。其最初之十余年间，则丹顿、马拉、罗拔比尔、拿破仑迭擅神器，陷其国于恐怖时代者逾一纪。后此，中美、南美十余国踵其辙，而各皆相敛相屠，以国家供群雄之孤注，至今犹不如所届也。

最近，则墨西哥两岁之间，三易其元首矣。其后此踵袭而兴者，孰审所极！葡萄牙今犹未也，而派梦阴曀之象遍国中，稍有识者，知其傥然不可终日也。即以根器最厚之民如英国者，彼其十七世纪之革命，逮克林威尔没世，而结一翻其局。由此言之，革命复产革命，殆成为历史上普遍之原则，凡以革命立国者，未或能避也（就中惟美国似属例外，然美国乃独立而非革命。前此英国之统治权本不能完全行于美境，美之独立，实取其固有之自治权扩充之，巩固之耳）。夫天下事有果必有因，革命何以必复产革命？此其故可得而言也。

其一，当革命前，必前朝秕政如毛，举国共所厌苦，有能起而与为难者，民望之如望岁也。故革命成为一种美德，名誉归之。及既成功，而群众心理所趋，益以讴歌革命为第二之天性。躁进之徒以此自阶，其天真未凿者则几认革命为人生最高之天职，谓天生血性男子，只以供革命之用，无论何时，闻有革命事起，趋之若不及。苟有人焉以一语侵及"革命"二字之神圣者，即仇之若不共戴天。此种谬见深中于人心，则以机危险之革命，认为日用饮食之事，亦固其所。

其二，经一度革命之后，社会地位为之一变，阀阅之胄，夷为隶甿，瓮牖之夫，奋为将相者，比比然也。夫人情孰不乐富贵而恶贱贫，睹夫冒一时之险而可以易无穷之乐也，则相率以艳而效之，所谓"大丈夫不当如是耶"！所谓"生不五鼎食，死即五鼎烹"耳。此种心理最足以刺戟椎埋徇利之辈，而使之一往不反顾。其从事革命，犹商贾之逐利也。三年以前，上海有以投机于橡皮公司而博奇赢者，不数月间，全市人辍百业以趋之，荡产杀身而不悔。革命之滋味，足以诱人，盖此类也。

其三，经一度革命之后，国民生计，所损无算，农辍于野，工辍于肆，商辍于廛，十人之中，失业八九，迫于饥寒，则铤而走险，民之恒情也。作乱固以九死博一生，不尔则惟有待死，故毋宁希冀于九一也。夫前此必以失业之民多，然后能啸聚以革命，革命之后，失业者又必倍蓰于前，故啸聚益易，而再革、三革以至无已也。

其四，仅聚锄耰棘矜槁项黄馘之民，其集事也犹不易易，顾革命之后，退伍兵必充之民编入革命军中；一旦事定，无以为养，势必出于遣散。而此辈一度列军籍，更无从复其故业，舍椎埋剽掠外更何所事？故适以为二次革命之资也。

其五，昔法人蒲罗儿谓，每当革命后民生极凋瘵之时，而其都会人士之奢淫必愈甚，法国当恐怖时代，而巴黎歌管游乐之盛，远过往时。吾昔颇疑其言不衷于理，今观我国，乃始信之。盖一度革命成功，前此窭人贱氓，一跃而居显要者，无量无数，麕集都会，生平未尝享一日之奉，暴尔发迹，事事模仿旧贵，变本加厉。"夥颐，涉之为王沈沈者！"则淫侈之骤增也固宜。民已穷矣，而复朘削之以奉新贵族，诛求到骨，何以堪命？受祸最烈者，尤在前此素封之家，架罪构陷，屠戮籍没，视为固然。怨毒所积，反动斯起，革命之恒必相续，此又其一因也。

其六，人之欲望，无穷尽也，常以己现在所处之地位为未足，而歆羡乎其上，而有所恃、有所挟者则更甚。畴昔读史，见历代开创之主，夷戮功臣，未尝不恨其凉薄。虽然，功臣之自取屠戮，又岂能为辩？夫挟功而骄之人，诚有何道可以满其欲壑者？其意常曰：彼巍然临吾上者，非借吾力，安有今日？居恒既怏怏不自适，稍加裁抑，觖望滋甚，觖望至不可复忍，其旧属复有觖望者从而怂恿，则叱咤而起耳。故二次革命之主动者，恒必为初次革命有功之人，无中外，一也。昔法国当路易十一世时，培利公爵与孔特加洛侯爵同叛，传檄国中曰："吾为国家扶义而起也。"路易降诏曰："二子之叛，诚朕不德有以致之，使朕而徇彼等大贵族增俸之请，彼宁复为国扶义耶？"呜呼，国有巨子，而执国命者无路易之智，其欲免于革命之相寻难矣。

其七，夫革命必有所借口，使政府施政而能善美，无授人以可攻之隙，则煽动自较难为力。然革命后骤难改良政治，殆亦成为历史上之一原则。盖扰攘之后，百事不遑，威信未孚，施行多碍，故一代之兴，其致太平也，动在易世之后。当其草创伊始，民志未定，政治之不满人意，事有固善。故新革命后二三年间。虽以失政为煽动再革之资料，固无往而不能得也（附言：吾此文本泛论常理，从历史上归纳而得其共通之原则耳。即如此段，绝非为现政府辩护，现政府更不得借吾言以解嘲。盖现政府之成立，本与交代君主力征经营而得之者有异，一年以来，实有改良政治之余地，而政府曾不自勉，吾不能一毫为彼宽责备也）。夫革命前后，正人民望治最殷、求治最亟之时也。当其鼓吹革命也，鲜不张皇其词以耸民听，谓旧朝一去，则黄金世界，立将涌现。民也何知，执券索偿，夫安得不失望，失望则煽动者之资矣。

其八，革命后之骤难改良政治，在专制国之易姓，则断然矣；而在易专制为共和，则其难尤甚。盖为政有本，曰正纪纲。纪纲立，然后令出必行，而政策之得失乃有可言。君主国有其固有之纪纲，民主国又别有其固有之纪纲。以数千年立君之国，全恃君主人一之尊严，为凡百纪纲所从出。摇身一变，便成共和（袭小说《西游记》语，形容最肖，读者勿笑其俚），畴昔所资为上下相维之具者，举深藏不敢复用，抑势亦不可复用；而新纪纲无道以骤立，强立焉而不足以为威重，夫此更何复一政之能施者！以汉高之英武，苟长此群臣饮酒争功，醉或妄呼，拔剑击柱，如初即位定陶时，试问汉之为汉复何如者？革命之后，人人皆手创共和，家家皆有功民国，设官万亿，不足供酬勋；白昼杀人，可以要肆赦；有赏无罚，有陟无黜，以此而求善治，岂直蒸沙求饭之喻已哉！执国命者而有英迈负重之气，犹可以渐树威信，整齐严肃其一部分；而不然者，疲奔命于敷衍，既已日不暇给，纪纲永无能立之时，政且无有，遑论于良！夫承革命之后以从政，雄才犹以为难，庸才则更何论。雄才不世出，故酝酿再革命三革命者，十而八九也。

其九，共和国之尤易倡革命者，虽自私之鄙夫，常得托名国家以胁人；虽极野心者，常得宣言吾非欲居其位也。只须煽动响应，不必其果服属于我，一革去其所欲革之目的物，则复得以统一共和等名义钳他人之口而制其命，而不复劳征伐。此真革命家之资也。虽然，初次革命之资，抑亦再次、三次之资也。

其十，闻之，"有无妄之福者，必有无妄之祸。"成功太易，而获实丰于其所期，浅人喜焉，而深识者方以为吊。个人有然，国家亦有然。不烦一矢，不血一刃，笔墨歌舞于报章，使谍儿戏于尊俎，遂乃梦中革命，摇身共和。过来者狃于蒲骚，未试者见猎心喜。初生一犊，奚猛虎之足慑；狿潮之儿，谓溟渤其可揭。夫艰险之革命，犹足以生二次革命，而况于简易酣乐之革命也哉！夫既已简易酣乐，则无惑乎革命成为一种职业，除士、农、工、商之外，而别辟一新生涯。

《水浒传》张横道："老爷一向在之浔阳江上，做这安分守己的生理。"强盗之成为一职业久矣。举国靡然从之，固其所耳。

由此言之，革命之必产革命，实事所必至，理有固然。推究终始，既有因果之可寻；广搜史乘，复见前车之相踵。今吾国人见二次革命之出现，而始相与惊诧，宁非可悯？然则此种现象果为国之福耶，为国之祸耶？此有稍有常识者，宜不必复作是问。顾吾见夫今日国中仿徨于此疑问中者犹多也，故吾不得惮词费也。吾以为假使革命而可以止革命，则革命何必非国家之福；革命而适以产革命，则其祸福复何待审计者！今倡革命者，孰不曰吾今兹一革以后，必可以不复再革也。夫当初次革命时，亦孰不曰一革后可无复再革也，而今则何如者？今革而不成，斯勿论矣，假其能成，吾知非久必且有三次革命之机会发生，而彼时昌言革命者，其持之有故、言之成理如今日。其以为一革后可无再革亦如今日，而其结果如何，则非至事后言之，则罕有能信者。今欲征因知果，则且勿问所革之客体作何状，则先问能革之主体作何状。试问前所列举之十种事理，再度革命之后，其恶现象果缘此稍灭乎，抑缘此赓续增益乎，前列十种，有其三四，祸既未艾，而况于俱备者！循此递演，必将三革、四革之期日，愈拍愈急；大革、小革之范围，愈推愈广。地载中国之土，只以供革命之广场；天生中国之人，只以作革命之器械。试思斯国果作何状，而斯民又作何状者？古诗曰："公无渡河，公竟渡河，堕河而死，将奈公何？"而欲谚斲括其旨曰："不到黄河心不死。"斯言虽俚，盖称善譬。昔吾侪尝有以语清之君臣矣，曰：君其毋尔尔，君如长尔尔者，君且无幸。夫彼君臣非惟不余听而且余罪也。吾侪言之十数年……彼犹未到黄河也。吾侪明明见其疾趋赴河，愈趋愈迫，为之恻隐焦急不可任，而彼之疾趋如故也。中兴道消，穷于辛亥，及乎临河足三分垂在外，或庶猛醒，然既已一落千丈强矣。今之未到黄河心未死者，吾所见盖两种人焉：其一则兴高采烈，以革命为职业者；其他则革命家所指目而思革之者。

兹两种人者，或左或右，或推或挽，以挟我中国向前横之大河而狂走焉，而跳掷焉，患其不即至也，而日日各思所以增其速力。呜呼！今为程亦不远矣。多尔衮入关，斯周延儒、李自成、吴三桂之大功成；伊藤开府，则金玉均、李完用、李容九之大事毕。满洲人不断送满洲至尽，满洲人之天职未尽也；中国人之不断送中国至尽，中国人天职未尽也。欲满洲人信吾非妄言，非至今日安能！欲中国人信吾非妄言，呜呼，吾何望此，吾何望此！

今清以一言正告彼被革命者曰：畴昔制造革命者，非革命党也，满洲政府也。满洲政府自革不足惜，而中国受其毒至今未艾。公等虽欲自为满洲，奈中国何；公等如不欲自为满洲，则宜有所以处之。更请以一言告彼革命者曰：公等为革命而革命耶，抑别有所为而革命耶？吾知公等必复于我曰：吾为欲改良政治而革命也。则吾更引谚以相告语曰：种瓜得瓜，种豆得豆。革命只能产出革命，决不能产出改良政治。改良政治，自有其涂辙，据国家正当之机关，以是消息其权限，使自专者无所得逞。舍此以外，皆断潢绝港，行之未有能至者也。国人犹不信吾言乎？则请遍翻古今中外历史，曾有一国焉，缘革命而产出改良政治之结果者乎？试有以语我来。虽然，吾言之何益，谁具听之者！莫或听之而犹不忍不言，吾尽吾言责而已！

辟复辟论

余在军中既月余，外事稍梗绝，顾闻诸道路，谓海上一二耆旧，颇有持清帝复辟论者，以为今日安得复有此不详之言，辄付诸一笑。既而谇果有倡之而和之者，于是乎吾不能无言也。

就最浅近最直捷之事理言之：今兹国人所为踔厉奋发，出万死不顾一生之计以相争者，岂不曰反对帝制乎哉？反对帝制云者，谓无人焉而可帝，非徒曰义不帝袁而已。若曰中国宜有帝，而所争者乃在帝位之属于谁何，则是承认筹安会发生以后，十二月十三日下令称帝以前，凡袁世凯所作所为，皆出于谋国之忠，其卓识伟画，乃为举国所莫能及。而杨F之《君宪救国论》，实为悬诸日月不刊之书。然则耆旧诸公，何不以彼时挺身为请愿代表，与彼辈作桴鼓应？至讨论帝位谁属之时，乃异军突起，为故君请命，此岂不堂堂丈夫也哉。顾乃不然，当筹安会炙手可热，全国人痛愤欲绝时，袖手以观望成败；今也数省军民为"帝制"二字断吭绝脰者相续，大憝尚盘踞京师，陷贼之境宇未复其半，面逍遥河上之耆旧，乃忽仰首伸眉，论列是非，与众为仇，助贼张目。吾既惊其颜之厚，而转不测其居心之何等也。

夫谓立国之道，凡帝制必安，凡共和必危，无论其持之决不能有故，言之决不能成理也，就让十步、百步，谓此说在学理上有圆满之根据，尤当视民情之所向背如何。国体违反民情而能安立，吾未之前闻。今试问：全国民情为趋向共和乎，为趋向帝制乎？此无待吾词费，但观数月来国人之一致反对帝制，已足立不移之铁证。今梦想复辟者，若谓国体无须以民情为基础耶，愚悍至于此极，吾实无理以喻之；若犹承认国体民情当相依为命耶，则其立论之前提，必须先认定恢复帝制为实出于全国之民意。果尔，则今日国人所指斥袁世凯伪造民意之种种罪状，应为架空诬谤，袁固无罪，而讨袁者乃当从反坐。故复辟论非他，质言之，则党袁论而已，附逆论而已。

复辟论者惟一之论据曰：共和国必以武力争总统也，曰：非君主国不能有责任内阁也。此种微言大义，则筹安六君子之领袖杨F者，实于半年前发明之。杨F之言曰："非立宪不能救国，非君主不能立宪。"吾欲问国人，杨F"非君主不能立宪"一语，是否犹有辨驳之价值？然则等而下之，彼拾杨F唾余以立论者，是否犹有辨驳之价值？以此种驳论费吾笔墨，笔墨之冤酷，盖莫甚矣。但既已不能自己于言，则请为斩钉截铁之数语，以普告新旧筹安两派之诸君子（复辟派所著论题曰《筹安定策》，故得名之曰"筹安新派"）。曰：国家能否立宪，惟当以两条件为前提：其一问军人能否不干预政治，其二问善良之政党能否成立。今新旧筹安派之说，皆谓中国若行共和，必致常以武力争总统，而责任内阁必不能成立。其前提岂不以今后中国之政治，常为武力所左右，而国会与政府皆不能循正轨以完其责也。如其然也，则易共和而为君主，而国中岂其遂可不设一统兵之人？在共和国体之下，既敢于挟其力以争总统；在君主国体之下，曷为不可挟其力以临内阁？彼固不必争内阁之一席也，实将奴视内阁而颐使之。彼时当总理大臣之任者，其为妇于十数恶姑之间，试问更有何宪法之可言？是故今后我国军人之态度，若果如筹安两派之所推定，则名虽共和，不能立宪固也，易为君主，又岂能立宪者？复次，责任内阁以国会为性命，国会以政党为性命。政党而腐败耶，乱暴耶，在共和国体之下，其恶影响固直接及于国会，而间接及于内阁，易以君主，结果亦复同一。彼时当总理大臣之任者，等是穷于应付，而又何有宪法之可言？是故今后我国政客之程度，若果如筹安两派之所推定，则名虽共和，不能立宪固也，易为君主，又岂能立宪者？反是而军人能戢其野心，政客能轨于正道，在君主国体之下，完全责任内阁固能成立；在共和国体之下，完全责任内阁又曷为不能成立？君主国宪法可以为元首无责任之规定，共和国宪法独不可以为同一之规定耶？若谓宪法之规定，不足为保障，则共和宪法固随时可成具文，即君主宪法又安往不为废纸？信如是也，则我国人惟当俯首贴耳，伫候外国之入而统治，此乃我国民能否建国之问题，而非复国体孰优孰劣之问题矣。

抑吾更有一言：今之倡复辟论者，岂不曰惓怀故主也？使诚有爱护故主之心，则宜厝之于安，而勿厝之于危。有史以来，帝天下者，凡几姓矣，岂尝见有不覆亡之皇统？辛亥之役，前清得此下场，亦可谓自古帝王家未有之奇福。今使复辟论若再猖獗，安保移国之大盗不蕲除之，以绝人望。又不然者，复辟果见诸事实，吾敢悬眼国门，以睹相续不断之革命。死灰复燃，人将溺之。诸公亦何仇于前清之胤，而必蹙之于无噍类而始为快也。

痛定罪言

一

呜呼，中日交涉，今以平和解决告矣，吾侪试平心静气，就事论事，则雅不欲空以无责任之言，漫集矢于政府。盖当牖户未完之时，遭风雨漂摇之厄，无论何人处此，断末由当机以御侮。尊俎折冲，其技量止于此数，专责政府外交无能，非笃论也。而或者曰：曷为不赌一战以相抗？似此漫作豪语，谁则不能。实则今之中国，何恃以为战具？侈言曰宁为玉碎，毋为瓦全，夫碎则竟碎耳，宁更有尝试侥幸于其间者？正恐操此论之人，返诸方寸之真，未必果有所引决，不过以己身非直当事冲，故不惮作大言以翘人以意气。谓衷事理，事未敢承。乃若集怨毒于强邻，恣骂以泄愤，曾亦思强权之下，安有公理？使我与彼易地以处，亦安肯逸此千载一时之会，不为兼弱攻昧之图？吾侪人类，为口腹之欲，烹羔炰羜，杀鸡供鹜；羔羜鸡鹜，宁复有权与吾较量恩怨？即其相校，吾又何恤？攘臂扼腕，只是噪噪闲言语耳。是故以前事论之，凡百无复可言，责备政府，无聊之责备也；怨愤强邻，无聊之怨愤也。平和解决一语，自交涉伊始，彼我皆早已料其结果之必出于此一途，所争者平和代价之轻重何如耳。今此次平和之代价为轻耶？为重耶？其代价为吾所堪任受耶？否耶？此当俟我政府、我国民各自凭其天良，各自出其常识以判断之，吾固无庸以臆见漫腾口说。若必强吾一言，则吾谓四月来之交涉，我政府尽瘁事国之诚，良不可诬；其应付之方略，亦不得云大误；至其所得结果，譬之则百步与五十步，于国家存亡根本之补救，丝毫无与也。

甑已破矣，顾之何益，此一义也；亡羊补牢，犹未为迟，此又一义也。吾侪今所当有言者，非言过去，言将来耳。吾于政府过去之事，无所复责备。吾所大惧者，政府或且因获平和解决，故而自以为功，以谓遭此偌大之骤雨横风，而破舟碎帆，尚能无恙，忘其垢辱，反兆骄盈，则今后吾侪小民真乃不知死所！夫吾安敢漫然以不肖之心待人，吾政府苟非病狂丧心，谅断不至安国家之危、利国家之灾而以为己荣。虽然，吾以冷眼默烛机先，吾盖见夫多数仰食于国库之人，闻平和解决之声，盖各窃窃额手相庆，口头虽尚作愤慨之言，而私心实已欣幸无极矣。其在人民方面亦有然。以中国今日人民之地位，本无力以左右国是，所谓多数舆论，所谓国民心理者，其本质夫既已不甚足为重轻矣。然所谓舆论，所谓心理，其根础又极薄弱，而不能有确实继续之表见。其少数血气方刚之青年，为国耻观念所刺激，易尝不侘傺悲愤，跃然思有所以自效；然其所想象，所言议，终已为情势所不许，恒归于无结果而已。其气无道以养之，则安能经时而不瘳。自余操觚之士，谈说之俦，大半乃借义愤之容，以投合于社会，其所发激厉大众之言，先自不诚无物，事过境迁，更复何痕爪之能留者！呜呼，非吾好为嫉俗之言，吾窃计平和解决一语，举国中以私人利害关系故，积诚心以欢迎之者十人而八九；而国家所出平和代价何若，则已不甚足芥蒂于胸中。果真能持续平和，则更阅三数月后，中日交涉事，非特不挂诸全国人之齿颊，且永不禁及全国人之魂梦矣。呜呼！吾甚希幸吾言之不中，虽然，吾恐遂终无幸也。

呜呼，平和之梦，如能久耶，吾侪固乐之；平和之代价，如仅止此耶，吾侪犹将忍之。虽然，事势正恐未必尔尔。日本要求条件中最苛酷之诸条，今虽暂缓议，然并未尝撤回，仅以另案办理之名义，暂摆脱此次交涉范围以外。日本据此名义，随时赓续要求，已不能不谓为正当之权利。此姑不具论。

实则国际交涉，惟力是视，权利正当与否，岂复成问题。今兹要求，事前岂有正当权利之可依凭？而结果则既若是。人岂以一之谓甚而惮于再三渎者！但使欧战一日未终，则刹那刹那，皆日本大展骥足之机会。就令欧战告终，然或缘此而一破均势之局，则我之藩篱，更何怙恃！又就令均势未破，而彫敝之余，亦谁复有力东顾以捍吾牧圉！故在人则日日有从容进取之余裕，在我乃无尺寸可据以为退婴之资，此犹对一国言也。假使其他诸国者，其余威尚能为此一国所敬惮，则吾之隐忧或且更大。盖吾所大赉于此一国者，他国行且如其量以责偿。割臂施鹰，舍身饲虎，鹰虎朋集，身肉几何？循是以思，我国今日，正如泛孤舟以溯丛滩，滩滩相衔，愈溯愈险。今一滩甫过，既已帆裂楫折，幸而全舟未成齑粉，而舟中人遽窃窃相贺，谓自兹更生焉，所冀天幸。天易谋乎？呜呼！彼以平和解决相庆慰者，愿一虑其后也。

二

中国人究竟犹有爱国心否耶？中国人究竟犹有统治自国之能力否耶？吾悍然骤发此奇问，吾知国人必将群起而唾吾面。

103

但据今日之现象，固末由禁我使勿怀疑。吾亦信此二事者，断非我国人良知良能中之所本无，而在今日实已窒塞摧残，几无复萌蘖可以为滋长之地。吾每念此，盖不寒而栗也。

以云乎爱国心耶，"爱国"二字，十年以来，朝野上下，并相习以为口头禅。事无公私，皆曰为国家起见；人无贤不肖，皆曰以国家为前提。实则当国家利害与私人利害稍不相容之时，则国更何有者！

夫敌国外患之乘，最足以促国家观念之发达，此有生之恒情也。我国频年以来，受创宁得复云不巨，负痛宁得复云不深，使爱国之本能犹未尽沦，则经此百罹，法当蓬勃踔厉而末由自制，然而其日斫丧、日萎缩乃反若是。稍见远者，共知人民与国家休戚漠不相关，则国必终于无幸，日日谋所以振起而联属之。乃至政府之文告、号令，亦且袭报馆之套调，学演说家之口吻，慷慨激昂，以爱之义责诸有众。然而人民之听受者则何如？其无血性、无意识者，马耳东风，过而不留，听犹勿听也；其稍有血性、稍有意识者，一反唇以相诘，而持说者必将无以自完。吾以此见窘于人者屡矣。吾劝客以爱国，客曰：吾子之言爱国，岂不以中国者中国人之中国，宜勿使他国剪灭而统治之耶？余曰：然。客曰：岂不以受统治于他国，则吾民不复有参政权，而一切政治，非复吾国民所能过问；匪直当前疾苦无可控诉，而吾侪之政治能力，且斫丧以终古耶？余曰：然。客曰：今中国犹是中国人之中国也，未尝受统治于他国人也，而吾民曾有参政权否？吾民曾有练习政治智识、发展政治能力之机会否？盖亡国之民如印度人、如波兰人者，犹有地方议会，人民于其切肤利害之事，犹得自评骘而处理之。吾民则并此而不能也，吾不知有国之优于无国者果何在也？余愀然无以应。客曰：岂不以受统治于他国，则吾民不能受平等法律之保障，而生命财产皆常苦僬然不可终日耶？余曰：然。客曰：今中国犹是中国人之中国也，未尝受统治于他国人也，然曾否有法律以为吾生命财产之保障？所谓法律者是否能为吾生命财产之保障？盖彼亡国之民，虽其所受治之法律不获与上国齐，然，未始不有法律也；法虽或苟，然既布之后，犹与民共守之也。今乃并此而不能致也，吾不知有国之优于无国者果何在也？吾愀然无以应。客又曰：岂不以受统治于他国，则其于财政也，不复计吾民所堪负担者何如，惟取盈而已；其于一切产业，且将在在予彼族以特权，而吾民衣食之途，乃为所腋削压迫，不能自进取，循此稍久，则全国且憔瘵以尽耶？今中国犹是中国人之中国也，未尝受统治于他国人也，而吾民之受掊克于官吏者果何若？国家正供之赋税，诚甚微薄，然民之耕凿于吾土者，反恒觉不如受租界重敛之为适也。私人生产之业，只有摧残，更无保护，反不如侨寓于外者犹得安其居而乐其业也。吾不知有国之优于无国者果何在也？余又愀然无以应。客又曰：岂不以受统治于他国，则人将务所以愚吾民，不复使受高等教育，而吾侪子孙，将永劫蠢蠢如鹿豕，无道以自振拔耶？今中国犹是中国人之中国也，未尝受统治于他国人也，试问所谓高等教育者安在？岂惟高等，盖并普通教育而澌灭以尽也。

吾不知有国之优于无国者果何在也？余又愀然无以应。若此者，使客异其词，则类此之发难累数十事，而吾将皆一一愀然无以应也。夫客之言虽曰偏宕不诡于正乎，然事实既已若兹，则多数之心理，自不期而与之相发。呜呼！吾见夫举国人明明作此想者盖十人而八九也，特不敢质言耳。

大抵爱国之义，本为人人所不学而知，不虑而能。国民而至于不爱其国，则必执国命者厝其国于不可爱之地而已。譬诸人孰不爱其身，而当颠连困横疾痛惨怛之既极，则有祈速死者。彼宁不知死之为苦，然既已不觉有生之可乐，以为充死苦之量，亦不过等于有生，则生死奚择也。人孰不爱其家，然庭闱闺房之间有隐痛者，往往遁舍一暝不反顾，岂徒曰无家与有家奚择，彼实以有家之苦，不如无家之反为乐也。人之托身于此国也，千百年祖宗血气之所以续，丘墓室庐之所栖宅，饘粥歌哭之所凭借，妻孥云来所怙恃，此而不爱，孰云人情！况吾国人者，亢宗之念，怀土之情，以校他族，强有加焉，语于爱国，宜无待教诲激厉。然而吾民乃以不爱国闻于天下，岂果吾民之不肖至于此极哉？彼盖求国之所以可爱者而不可得，故虽欲强用其爱焉而亦不可得也。孟子曰："父子之间不责善，责善则离，离则不祥莫大焉。"又曰："夫子教我以正，夫子未出于正也，则是父子相夷也。"父子以天合，而天之有时不能强合者，犹且如是，况政府人民相与之际者耶？在昔专制之主，何尝不自有其所谓爱国之义以责诸吾民，动则曰："食毛践土，具有天良。"谓是可以悚民听也，庸知反以堕民信而贾民怨。今政府劝人民以爱国，其有以异于彼者能几？民将曰：国如当爱也，则爱之者其请自当道有司始。今当道有司是否以国家之休戚为休戚，而顾乃责难于吾民。濅假吾民真输其爱国之诚，安知不反为当道有司所利用以自遂其私也？呜呼，其非民之讹言也！

自甲午、庚子之难以迄今日，吾国民爱国心之发动而表现于事实者，盖不计几度。其究也，则为桀黠之党人所利用者什而四三，为鄙劣之官吏利用者什而六七。所谓爱国捐，所谓国民捐，所谓爱国公债及其他某种某种公债，所谓某矿废约、某路赎股，试问其结果有一能使人踌躇满志者否耶？人之真性情，能有几许，夫安得不摧挫汩没以尽。譬诸处女，本秉抱至纯洁之情爱，若数度为狂且所误，其真性安复以不牿亡？我国人相习以爱国为口头禅，而恬然相视不为怪者，其原因岂不由是耶？吾愿我政府勿复以痛哭流涕之语貌责善于人民。痛哭流涕者，处士之业，新进之容耳。若乃手执国之大命，当机以行，局中之艰难，固不必执途人以求其共谅，而苟积诚以相孚格，则下之所以应之者亦必适如其分。而不然者，虽陈义侃侃，信誓旦旦，民之听者，目笑存之耳。不见夫前清耶，每当一次大难之后，曷尝不有数篇怵惕维厉之文告，冀以涂饰天下耳目（记前清上谕有云："当此创巨痛深之日，正我君臣卧薪尝胆之时。"此类文告，盖数见不鲜），然而其效竟何若者？昔人有言："应天以实不以文。"天且有然，而况于民视民听之至切近者耶！政府而犹欲与全国人共此国也，政府而灼知非与全国人共此国而国将无与立也，毋亦洗心革面，改弦更张，开诚布公，信赏必罚，使人民稍苏复其乐生之心，庶无复"时日曷丧，及汝偕亡"之戚；使人民不致以有国为病，庶无复箪食壶浆以避水火之思。逮乎国与民之休戚既相一致，则民之爱国，其天性也，抑何待劝？而不然者，劝焉奚济？

呜呼！政府其亦知国民之大多数，大都汲汲顾影，蹙然若不审命在何时。他省吾不敢知，吾新自故乡广东来，闻诸父老昆弟所言，殆不复知人间何世。官吏也，军士也，盗贼也，荼毒之，煎迫之。民之黠者、悍者，则或钻营以求为官吏、军士，或相率投于盗贼，而还以荼毒煎迫他人；其驯善朴愿者，无力远举斯已耳，稍能自拔，则咸窃窃然曰：逝将去汝，适彼乐郊。香港、澳门、青岛乃至各通商口岸，所以共趋之如水就壑者，夫岂真乐不思蜀，救死而已。夫人至救死犹恐不赡，而欲责以爱国，为道其安能致？然而我民之睠怀祖国，每遇国耻，义愤飙举，犹且如是，乃至老妇、幼女、贩夫、乞丐，一闻国难，义形于色，输财效命，惟恐后时。以若彼之政象，犹能得若此之人心，盖普世之最爱国者，莫中国人若矣！呜呼，此真国家之元气，而一线之国命所借以援系也。其继长增高耶，在今日；其摧萌拉蘗耶，在今日。二者孰择，则惟视政府之所向。夫谓政府而欲摧拉人民爱国心之萌蘗，天下断无此人情。虽然，苟政象循此不变，则人民怙恃国家之心，安得不日就澌灭。若更等而甚之，政府或以人民之朴愚而易与也，利用其爱国心，而术取其财与力，以图一时之小补而不复顾其后，则其所斫丧者，将永劫而不能复。呜呼政府，其毋使吾不幸而言中也。

呜呼！交涉之事，则既往矣，无论政府若何劳勚，而结果安得谓之不屈辱！曷为得此屈辱？必矣，今举国之兵且数百万矣，国家岁出用于军事费者什而七八矣，曷为而等于无一兵？曷为而实际无一械？且以中国土宇之广、物力之厚，而财政曷为日以窘闻？此极显浅之事理，人民不问责于政府而谁问者？夫政府之所以逃责者则亦有词矣，必曰大难初平，日不暇给，元气未复，近效难期也。吾知人民稍平心论事事，未始不能以此为政府谅。顾吾民所最耿耿者，最惝惝者，不在前此陈述迹之得失，而在后此希望之有无。今固不能战也，而他日是否有能战之时？械不足，是否有道能使之足？财不继，是否有道能使之继？兵也，械也，财也，是否能离他政而自立？他政不举，此数者是否能有收效之期？而凡百要政，今日是否能谓之已举，能谓之渐举？凡所兴革，是否能与国家之利益一致，能与人民之利益一致？循此以往，政象能否有以愈于畴昔？凡此百端，安得不一一问其责于政府？吾民既不幸而有今日，今日所刈之果，前此所种之因也，因之不善，吾民能为今日之政府谅。吾民能否犹有将来？今日所种之因，将来终必有刈果之时，果如不善，吾民不能为今日之政府谅也。呜呼政府，其善思所以自处矣。

三

然则宜责备者惟在政府耶？曰：恶，是何言。无论以何人居政府，其人要之皆中国人民也。恶劣之政府，惟恶劣之人民乃能产之；善良之政府，亦惟善良之人民乃能产之。吾国人民究为善良耶，为非善良耶？吾敢径答曰：大多数地位低微之人民，什九皆其善良者也；少数地位优越之人民，什九皆其不善良者也。故中国将来一线之希望，孰维系之？则至劬瘁、至质直之老百姓即其人也；而此一线之希望，孰断送之？则如我辈之号称士大夫者即其人也（指全国上、中等社会之人）。夫一国之命运，其枢纽全系于士大夫，征诸吾国历史有然，征诸并世各国之现象亦莫不有然。盖所谓士大夫者，国家一切机关奉公职之人，于此取材焉，乃到社会凡百要津，皆所分据焉，故不惟其举措能直演波澜，即其性习亦立成风气。

岂必征诸远，即如现今最刺激吾侪心目之日本，彼当数十年前，又岂尝有善良之政府？而其少数之士大夫，能精白其心术，而炼磨其艺能，浸假而国家之公职，不得不出于此焉；浸假而社会之要津，莫或与竞焉；浸假而全国全社会之空气，皆为所濩布，相引弥长，火传不绝。迄于今日，乃能举其区区三岛，凌轹我而莫敢谁何！我则何如？前此之士大夫，既种甚恶之因以贻诸今日，今日之士大夫，又将种更恶之因以贻诸方来。官僚蠹国，众所疾首也。谁为官僚？士大夫也。党人病国，众所切齿也。谁为党人？士大夫也。国家曷为设官？位置士大夫而已；国家曷为费财？豢养士大夫而已。士大夫学无专长，事无专业，无一知而无一不知，无一能而无一不能，谓此一群士大夫不可用，更易一群，其不可用如故也。劝老百姓以爱国者，士大夫也；而视国家之危难漠然无所动于中者，即此士大夫也，利用老百姓之爱国以自为进身之径、谋食之资者，亦即此士大夫也。社会凡百事业，非士大夫则末由垄断；社会凡百事业，经士大夫而无不摧残。士大夫之势力，能使人惮，故莫由纠其非以为驱除；士大夫之地位，能使人羡，故相率习其术以图援附。呜呼！今日国事败坏之大原，岂不由是耶？以如此之人为社会之中坚，言整军则谁与整，言理财则谁与理，言劝工则谁与劝，言兴学则谁与兴，言议会则谁为政党，言自治则谁为缙绅？故凡东西各国一切良法美意，一入吾国而无不为万弊之丛。循此以往，岂特今日之耻永无雪期，恐踵而至者，而再而三以底于亡已耳。于是乎，中国人是否尚有统治自国之能力，果成一疑问矣。

呜呼！我辈号称士大夫者乎，勿诿过政府，政府不过我辈之产物而已；勿借口于一般国民，一般国民皆最善良之国民，以校他邦，略无愧色，我辈陷之于苦、陷之于罪而已。今欲国耻之一洒，其在我辈之自新。我辈革面，然后国事始有所寄，然后可以语于事之得失与其缓急先后之序，然后可以宁于内而谋御于外。而不然者，岂必外患，我终亦鱼烂而亡已耳。夫我辈则多矣，欲尽人而自新，云胡可致，我勿问他人，问我而已！斯乃真顾亭林所谓"天下兴亡，匹夫有责"也。

戊戌六君子传

康广仁传

康君名有溥，字广仁，以字行，号幼博，又号大广，南海先生同母弟也。精悍厉鸷，明照锐断，见事理若区别白黑，勇于任事，洞于察机，善于观人，遂于生死之故，长于治事之条理，严于律己，勇于改过。自少即绝意不事举业，以为本国之弱亡，皆由八股锢塞人才所致，故深恶痛绝之，偶一应试，辄弃去。弱冠后，尝为小吏于浙。盖君之少年血气太刚，偍傥自喜，行事间或跅弛，踰越范围，南海先生欲裁抑之，故遣入宦场，使之游于人间最秽之域，阅历乎猥鄙奔竞险诈苟且阘冗势利之境，使之尽知世俗之情伪，然后可以收敛其客气，变化其气质，增长其识量。君为吏岁余，尝委保甲差、文闱差，阅历宦场既深，大耻之，挂冠而归。自是进德勇猛，气质大变，视前此若两人矣。

君天才本卓绝，又得贤兄之教，覃精名理，故其发论往往精奇悍锐，出人意表，闻者为之咋舌变色，然按之理势，实无不切当。自弃官以后，经历更深，学识更加，每与论一事，穷其条理，料其将来，不爽累黍，故南海先生常资为谋议焉。

今年春，胶州、旅顺既失，南海先生上书痛哭论国是，请改革。君曰："今日在我国而言改革，凡百政事皆第二著也，若第一著则惟当变科举，废八股取士之制，使举国之士，咸弃其顽固谬陋之学，以讲求实用之学，则天下之人如瞽者忽开目，恍然于万国强弱之故，爱国之心自生，人才自出矣。阿兄历年所陈改革之事，皆千条万绪，彼政府之人早已望而生畏，故不能行也。今当以全副精神专注于废八股之一事，锲而不舍，或可有成。此关一破，则一切新政之根芽已立矣。"

盖当是时犹未深知皇上之圣明，故于改革之事，不敢多所奢望也。及南海先生既召见，乡会八股之试既废，海内志士额手为国家庆。君乃曰："士之数莫多于童生与秀才，几居全数百分之九十九焉。今但革乡会试而不变岁科试，未足以振刷此辈之心目。且乡会试期在三年以后，为期太缓。此三年中，人事靡常。今必先变童试、岁科试，立刻施行然后可。"乃与御史宋伯鲁谋，抗疏言之，得旨俞允。于是君请南海先生曰：

"阿兄可以出京矣。我国改革之期今尚未至。且千年来，行愚民之政，压抑既久，人才乏绝，今全国之人材，尚不足以任全国之事，改革甚难有效。今科举既变，学堂既开，阿兄宜归广东、上海，卓如宜归湖南，专心教育之事，著书译书撰报，激厉士民爱国之心，养成多数实用之才，三年之后，然后可大行改革也。

时南海先生初被知遇，天眷优渥，感激君恩，不忍舍去。

既而天津阅兵废立之事，渐有所闻，君复语曰："自古无主权不一之国而能成大事者，今皇上虽天亶睿圣，然无赏罚之权，全国大柄，皆在西后之手，而满人之猜忌如此，守旧大臣之相嫉如此，何能有成？阿兄速当出京养晦矣。先生曰："孔子之圣，知其不可而为之，凡人见孺子将入于井，犹思援之，况全国之命乎？况君父之难乎？西后之专横，旧党之顽固，皇上非不知之，然皇上犹且舍位亡身以救天下，我忝受知遇，义固不可引身而退也。"君复曰："阿兄虽舍身思救之，然于事必不能有益，徒一死耳。死固不足惜，但阿兄生平所志所学，欲发明公理以救全世界之众生者，他日之事业正多，责任正重，今尚非死所也。"先生曰："生死自有天命，吾十五年前，经华德里筑屋之下，飞砖猝坠，掠面而下，面损流血。使彼时飞砖斜落半寸，击于脑，则死久矣。天下之境遇皆华德里飞砖之类也。今日之事虽险，吾亦以飞砖视之，但行吾心之所安而已，他事非所计也。"自是君不复敢言出京。然南海先生每欲有所陈奏，有所兴革，君必劝阻之，谓当俟诸九月阅兵以后，若皇上得免于难，然后大举，未为晚也。

故事凡皇上有所敕任，有所赐赍，必诣宫门谢恩，赐召见焉。南海先生先后奉命为总理各国事务衙门章京，督办官报局，又以著书之故，赐金二千两，皆当谢恩，君独谓"西后及满洲党相忌已甚，阿兄若屡见皇上，徒增其疑而速其变，不如勿往。"故先生自六月以后，上书极少，又不觐见，但上折谢恩，惟于所进呈之书，言改革之条理而已，皆从君之意也，其料事之明如此。南海先生既决意不出都，俟九月阅兵之役，谋有所救护，而君与谭君任此事最力。初，余既奉命督办译书，以君久在大同译书局，谙练此事，欲托君出上海总其成。行有日矣，而八月初二日忽奉明诏，命南海先生出京；初三日又奉密诏敦促。一日不可留。先生恋阙甚耿耿，君乃曰："阿兄即行，弟与复生、卓如及诸君力谋之。"盖是时虽知事急，然以为其发难终在九月，故欲竭蹶死力，有所布置也，以故先生行而君独留，遂及于难，其临大节之不苟又如此。君明于大道，达于生死，常语余云："吾生三十年，见兄弟戚友之年，与我相若者，今死去不计其数矣。吾每将己身与彼辈相较，常作已死观；今之犹在人间，作死而复生观，故应做之事，即放胆做去，无所挂碍，无所恐怖也。"盖君之从容就义者，其根柢深厚矣。

既被逮之日，与同居二人程式谷、钱维骥同在狱中，言笑自若，高歌声出金石。程、钱等固不知密诏及救护之事，然闻令出西后，乃曰："我等必死矣。"君厉声曰："死亦何伤！

汝年已二十余矣，我年已三十余矣，不犹愈于生数月而死，数岁而死者乎？且一刀而死，不犹愈于抱病岁月而死者乎？特恐我等未必死耳，死则中国之强在此矣，死又何伤哉？"

程曰:

"君所言甚是，第外国变法，皆前者死，后者继，今我国新党甚寡弱，恐我辈一死后，无继者也。"君曰："八股已废，人才将辈出矣，何患无继哉？"神气雍容，临节终不少变，呜呼烈矣！

南海先生之学，以仁为宗旨，君则以义为宗旨，故其治事也，专明权限，能断割，不妄求人，不妄接人，严于辞受取与，有高掌远跖摧陷廓清之概。于同时士大夫皆以豪俊俯视之。当十六岁时，因恶帖括，故不悦学，父兄责之，即自抗颜为童子师。疑其游戏必不成，姑试之，而从之学者有八九人，端坐课弟子，庄肃俨然，手创学规，严整有度，虽极顽横之童子，戢戢奉法惟谨。自是知其为治事才，一切家事营办督租皆委焉。其治事如商君法，如孙武令，严密缜栗，令出必行，奴仆无不畏之，故事无不举。少年曾与先生同居一楼，楼前有芭蕉一株，经秋后败叶狼藉。先生故有茂对万物之心，窗草不除之意，甚爱护之。忽一日，失蕉所在，则君所锄弃也。先生责其不仁，君曰："留此何用，徒乱人意。"又一日，先生命君检其阁上旧书整理之，以累世为儒，阁上藏前代帖括甚多，君举而付之一炬。先生诘之，君则曰："是区区者尚不割舍耶？留此物，此楼何时得清净。"此皆君十二三岁时轶事也。虽细端亦可以见其刚断之气矣。君事母最孝，非在侧则母不欢，母有所烦恼，得君数言，辄怡笑以解。盖其在母侧，纯为孺子之容，与接朋辈任事时，若两人云。最深于自知，勇于改过。其事为己所不能任者，必自白之，不轻许可，及其既任，则以心力殉之；有过失，必自知之、自言之而痛改之，盖光明磊落，肝胆照人焉。

君尝慨中国医学之不讲，草菅人命，学医于美人嘉约翰，三年，遂通泰西医术。欲以移中国，在沪创医学堂，草具章程，虽以事未成，而后必行之。盖君之勇断，足以廓清国家之积弊，其明察精细，足以经营国家治平之条理，而未能一得藉手，遂殉国以没。其所办之事，则在澳门创立《知新报》，发明民政公理；在上海设译书局，译日本书，以开民智；在西樵乡设一学校，以泰西政学教授乡之子弟；先生恶妇女缠足，壬午年创不缠足会而未成，君卒成之，粤风大移，粤会成，则与超推之于沪，集士夫开不缠足大会，君实为总持；又与同志创女学堂，以救妇女之患，行太平之义。于君才未尽十一，亦可以观其志矣。君雅不喜章句记诵词章之学，明算工书，能作篆，尝为诗骈散文，然以为无用，既不求工，亦不存稿，盖皆以余事为之，故遗文存者无几。然其言论往往发前人所未发，言人所不敢言。盖南海先生于一切名理，每仅发其端，含蓄而不尽言，君则推波助澜，穷其究竟，达其极点，故精思伟论独多焉。君既殁，朋辈将记忆其言论，哀而集之，以传于后。君既弃浙官，今年改官候选主事。妻黄谨娱，为中国女学会倡办董事。

论曰：徐子靖、王小航常语余云，二康皆绝伦之资，各有所长，不能轩轾。其言虽稍过，然幼博之才，真今日救时之良矣。世人莫不知南海先生，而罕知幼博，盖为兄所掩，无足怪也。而先生之好仁，与幼博之持义，适足以相补，故先生之行事，出于幼博所左右者为多焉。六烈士之中，任事之勇猛，性行之笃挚，惟复生与幼博为最。复生学问之深博，过于幼博；幼博治事之条理，过于复生，两人之才，真未易轩轾也。呜呼！今日眼中之人，求如两君者可复得乎？可复得乎？幼博之入京也，在今春二月。时余适自湘大病出沪，扶病入京师，应春官试。幼博善医学，于余之病也，为之调护饮食，剂医药，至是则伴余同北行。盖幼博之入京，本无他事，不过为余病耳。余病不死，而幼博死于余之病，余疚何如哉？

杨深秀传

杨君字漪邨，又号孴孴子，山西闻喜县人也。少颖敏，十二岁录为县学附生。博学强记，自十三经、史、汉、通鉴、管、荀、庄、墨、老、列、韩、吕诸子，乃至《说文》《玉篇》《水经注》，旁及佛典，皆能举其辞。又能钩玄提要，独有心得，考据宏博，而能讲宋明义理之学，以气节自厉，岩峣独出，为山西儒宗。其为举人，负士林重望。光绪八年，张公之洞巡抚山西，创令德堂，教全省士以经史考据词章义理之学，特聘君为院长，以矜式多士。光绪十五年，成进士，授刑部主事，累迁郎中。光绪二十三年十二月，授出东道监察御史。

二十四年正月，俄人胁割旅顺、大连湾、君始入台，第一疏即极言地球大势，请联英、日以拒俄，词甚切直。时都中人士，皆知君深于旧学，而不知其达时务，至是，共惊服之。

君与康君广仁交最厚。康君专持废八股为救中国第一事，日夜谋此举。四月初间，君乃先抗疏请更文体，凡试事仍以四书、五经命题，而篇中当纵论时事，不得仍破承八股之式。

盖八股之弊，积之千年，恐未能一旦遽扫，故以渐而进也。疏上，奉旨交部臣议行。时皇上锐意维新，而守旧大臣盈廷，竞思阻挠，君谓国是不定，则人心不知所响，如泛舟中流，而不知所济，乃与徐公致靖先后上疏，请定国是。至四月二十三日，国是之诏遂下，天下志士喝喝向风矣。

初请更文体之疏，既交部议，而礼部尚书许应骙，庸谬昏横，辄欲驳斥，又于经济科一事，多为阻挠。时八股尚未废，许自恃为礼部长官，专务遏抑斯举。君于是与御史宋伯鲁合疏劾之，有诏命许应骙自陈，于是旧党始恶君，力与为难矣。

御史文悌者，满洲人也。以满人久居内城，知宫中事最悉，颇愤西后之专横，经胶旅后，虑国危，文君门下有某人者，抚北方豪士千数百人，适同侍祠，竟夕语君宫中隐事，皆西后淫乐之事也。既而曰：君知长麟去官之故乎？长麟以上名虽亲政，实则受制于后，请上独揽大权，曰：西后于穆宗则为生母，于皇上则为先帝之遗妾耳，天子无以妾母为母者。

其言可谓独得大义矣。君然之。文又曰："吾奉命查宗人府囚，见澍贝勒仅一袴蔽体，上身无衣，时方正月祈寒，拥炉战栗，吾怜之，赏钱十千。西后之刻虐皇孙如此，盖为上示戒，故上见后辄颤。此与唐武氏何异？"因慷慨诵徐敬业《讨武氏檄》"燕啄王孙"四语，目眦欲裂。君美其忠诚，乃告君曰：

"吾少尝慕游侠，能踰墙，抚有昆仑奴甚多，若有志士相助，可一举成大业。闻君门下多识豪杰，能觅其人以救国乎？"君壮其言而虑其难。时文数访康先生，一切奏章，皆请先生代草之，甚密。君告先生以文有此意，恐事难成。先生见文则诘之，文色变，虑君之泄漏而败事也，日腾谤于朝，以求自解。犹虑不免，乃露章劾君与彼有不可告人之言。以先生开保国会，为守旧大众所恶，因附会劾之，以媚于众。政变后之伪谕，谓康先生谋围颐和园，实自文惕起也。

文梯疏既上，皇上非惟不罪宋、杨，且责文之诬罔，令还原衙门行走。于是君益感激天知，誓死以报，连上书请设译书局译日本书，请派亲王贝勒宗室游历各国，遣学生留学日本，皆蒙采纳施行。又请上面试京朝官，日轮二十人，择通才召见试用，而罢其罢老庸愚不通时务者，于是朝士大怨。

然三月以来，台谏之中毗赞新政者，惟君之功为最多。

湖南巡抚陈宝箴力行新政，为疆臣之冠，而湖南守旧党与之为难，交章弹劾之，其诬词不可听闻。君独抗疏为剖辨，于是奉旨奖励陈，而严责旧党，湖南浮议稍息，陈乃得复行其志。至八月初六日，垂帘之伪命既下，党案已发，京师人人惊悚，志士或捕或匿，奸焰昌披，莫敢撄其锋，君独抗疏诘问皇上被废之故，援引古义，切陈国难，请西后撤帘归政，遂就缚。狱中有诗十数章，怆怀圣君，睠念外患，忠诚之气，溢于言表，论者以为虽前明方正学，杨椒山之烈，不是过也。

君持躬廉正，取与之间，虽一介不苟。官御史时，家赤贫，衣食或不继，时惟佣诗文以自给，不稍改其初。居京师二十年，恶衣菲食，敝车羸马，坚苦刻厉，高节绝伦，盖有古君子之风焉。子靫田，字米裳，举人，能世其学，通天算格致，厉节笃行，有父风。

论曰：漪村先生可谓义形于色矣。彼逆后贼臣，包藏祸心，蓄志既久，先生岂不知之？垂帘之诏既下，祸变已成，非空言所能补救，先生岂不知之？而乃入虎穴，蹈虎尾，抗疏谔谔，为请撤帘之评论，斯岂非孔子所谓愚不可及者耶？八月初六之变，天地反常，日月异色，内外大小臣僚，以数万计，下心低首，忍气吞声，无一敢怒之而敢言之者，而先生乃从容慷慨，以明大义于天下，宁不知其无益哉？以为凡有血气者，固不可不尔也。呜呼！荆卿虽醢，暴嬴之魄已寒；敬业虽夷，牝朝之数随尽。仁人君子之立言行事，岂计成败乎？

漪村先生可谓义形于色矣。

杨锐传

杨锐字叔峤，又字钝叔，四川绵竹县人。性笃谨，不妄言邪视，好词章。张公之洞督学四川，君时尚少，为张所拔识，因受业为弟子。张爱其谨密，甚相亲信。光绪十五年，以举人授内阁中书。张出任封疆将二十年，而君供职京僚，张有子在京师，而京师事不托之子而托之君。张于京师消息，一切藉君，有所考察，皆托之于君，书电络绎，盖为张第一亲厚之弟子，而举其经济特科，而君之旅费，亦张所供养也。君鲠直，尚名节，最慕汉党锢、明东林之行谊，自乙未和议以后，乃益慷慨谈时务。时南海先生在京师，过从极密。南海与志士倡设强学会，君起而和之甚力。其年十月，御史杨崇伊承某大臣意旨，劾强学会，遂下诏封禁，会中志士愤激，连署争之。向例，凡连署之书，其名次皆以衙门为先后，君官内阁，当首署，而会员中，F君FF亦同官内阁，争首署，君曰："我于本衙门为前辈。"乃先焉。当时会既被禁，京师哗然，谓将兴大狱，君乃奋然率诸人以抗争之，亦可谓不畏强御矣。

丁酉冬，胶变起，康先生至京师上书。君乃日与谋，极称之于给事高君燮曾。高君之疏荐康先生，君之力也。今年二月，康先生倡保国会于京师，君与刘君光第皆会员，又自开蜀学会于四川会馆，集赀钜万，规模仓卒而成，以此益为守旧者所嫉忌。张公之洞累欲荐之，以门人避嫌，乃告湖南巡抚陈公宝箴荐之，召见加四品卿衔，充军机章京，与谭、刘、林同参预新政。拜命之日，皇上亲以黄匣缄一砵谕授四人，命竭力赞襄新政，无得瞻顾，凡有奏折皆经四卿阅视，凡有上谕皆经四卿属草。于是军机大臣嫉妒之，势不两立。七月下旬，宫中变态已作，上于二十九日召见君，赐以衣带诏，乃言位将不保，命康先生与四人同设法救护者也。

君久居京师，最审朝局，又习闻宫廷之事，知二十年来之国脉，皆斲丧于西后之手，愤懑不自禁，义气形于词色，故与御史朱一新、安维峻、学士文廷式交最契。朱者，曾疏劾西后嬖宦李联英，因忤后落职者也；安者，曾疏请西后勿揽政权，因忤后遣戍塞外者也；文者，曾请皇上自收大权，因忤后革职驱逐者也。君习与诸君游，宗旨最合，久有裁抑吕、武之志。至是奉诏与诸同志谋卫上变，遂被逮授命。君博学，长于诗，尝辑注《晋书》，极闳博，于京师诸名士中，称尊宿焉。然谦抑自持，与人言恂恂如不出口，绝无名士轻薄之风，君子重之。

论曰：叔峤之接人发论，循循若处子，至其尚气节，明大义，立身不苟，见危授命，有古君子之风焉。以视平日口谈忠孝，动称义愤，一遇君父朋友之难，则反眼下石者何如哉？

林旭传

林君字暾谷，福建侯官县人，南海先生之弟子也。自童龀颖绝秀出，负意气，天才特达，如竹箭标举，干云而上。冠岁，乡试冠全省，读其文奥雅奇伟，莫不惊之，长老名宿，皆与折节为忘年交，故所友皆一时闻人。其于诗词骈散文皆天授，文如汉、魏人，诗如宋人，波澜老成，瑰奥深秾，流行京师，名动一时。乙未割辽、台，君方应试春官，乃发愤上书，请拒和议，盖意志已偶傥矣。既而官内阁中书，盖闻南海之学，慕之，谒南海，闻所论政治宗旨，大心折，遂受业焉。

先是胶警初报，事变綦急，南海先生以为振厉士气，乃保国之基础，欲令各省志士各为学会，以相讲求，则声气易通，讲求易熟，于京师先倡粤学会、蜀学会、闽学会、浙学会、陕学会等，而杨君锐实为蜀学会之领袖。君遍谒乡先达鼓之，一日而成，以月初十日开大会于福建会馆，闽中名士夫皆集，而君实为闽学会之领袖焉。及开保国会，君为会中倡始董事，提倡最力。

初，荣禄尝为福州将军，雅好闽人，而君又沈文肃公之孙婿，才名藉甚，故荣颇欲罗致之。五月，荣既至天津，乃招君入幕府。君入都请命于南海，问可就否？南海曰："就之何害，若能责以大义，怵以时变，从容开导其迷谬，暗中消遏其阴谋，亦大善事也。"于是君乃决就荣聘，已而举应经济特科。会少詹王锡蕃荐君于朝，七月召见，上命将奏对之语，再誊出呈览，盖因君操闽语，上不尽解也。君退朝具折奏上，折中称述师说甚详。皇上既知为康某之弟子，因信任之，遂与谭君等同授四品卿衔，入军机参预新政。十日之中，所陈奏甚多，上谕多由君所拟。

初二日，皇上赐康先生密谕，令速出京，亦交君传出，盖深信之也。既奉密谕，谭君等距踊呼号。时袁世凯方在京，谋出密诏示之，激其义愤，而君不谓然，作一小诗代简致之谭等曰："伏蒲泣血知何用？慷慨何曾报主恩。愿为公歌千里草，本初健者莫轻言。"盖指东汉何进之事也。及变起，同被捕，十三日斩于市。临刑呼监斩吏问罪名，吏不顾而去，君神色不稍变云。著有《晚翠轩诗集》若干卷，长短句及杂文若干卷。妻沈静仪，沈文肃公葆桢之孙女，得报，痛哭不欲生，将亲入都收遗骸，为家人所劝禁，乃仰药以殉论曰：暾谷少余一岁，余以弟畜之。暾谷故长于诗词，喜吟咏，余规之曰："词章乃娱魂调性之具，偶一为之可也。若以为业，则玩物丧志，与声色之累无异。方今世变日亟，以君之才，岂可溺于是。"君则幡然戒诗，尽割舍旧习，从南海治义理经世之学，岂所谓从善如不及邪？荣禄之爱暾谷，罗致暾谷，致敬尽礼，一旦则悍然不问其罪否，骈而戮之，彼豺狼者岂复有爱根邪？翻手为云，覆手为雨，朝杯酒，暮白刃，虽父母兄弟犹且不顾，他又何怪！

刘光第传

刘君字裴村，四川富顺县人。性端重敦笃，不苟言笑，志节崭然。博学能文诗，善书法。诗在韩、杜之间，书学鲁公，气骨森竦，严整肖其为人。弱冠后成进士，授刑部主事，治事精严。光绪二十年，以亲丧去官，教授乡里，提倡实学，蜀人化之。官京师，闭户读书，不与时流所谓名士通；故人鲜知者。及南海先生开保国会，君翩然来为会员。七月，以陈公宝箴荐，召见，加四品卿衔，充军机章京，参预新政。

初，君与谭君尚未识面，至是既同官，又同班，则大相契。谭君以为京师所见高节笃行之士，罕其比也。向例，凡初入军机者，内侍例索赏钱，君持正不与；礼亲王军机首辅，生日祝寿，同僚皆往拜，君不往；军机大臣裕禄擢礼部尚书，同僚皆往贺，君不贺；谓时事艰难，吾辈拜爵于朝，当勤王事，岂有暇奔走媚事权贵哉？其气节严厉如此。七月二十六日，有湖南守旧党曾廉上书请杀南海先生及余，深文罗织，谓为叛逆。皇上恐西后见之，将有不测之怒，乃将其折交裕禄，命转交谭君，按条详驳之。谭君驳语云："臣嗣同以百口保康、梁之忠，若曾廉之言属实，臣嗣同请先坐罪。"君与谭君同在二班，乃并署名曰："臣光第亦请先坐罪。"谭君大敬而惊之。

君曰："即微皇上之命，亦当救志士，况有君命耶？仆不让君独为君子也。"于是谭君益大服君。

变既作，四卿同被逮下狱，未经讯鞫。故事，提犯自东门出则宥，出西门则死。十三日，使者提君等六人自西门出，同人未知生死，君久于刑部，谙囚狱故事，太息曰："吾属死，正气尽。"闻者莫不挥泪。君既就义，其嗣子赴市曹伏尸痛哭一日夜以死。君家贫，坚苦刻厉，诗文甚富，就义后，未知其稿所在。

论曰："裴村之识余，介□□□先生。□□先生，有道之士也，余以是敬裴村。然裴村之在京师，闭门谢客，故过从希焉。南海先生则未尝通拜答，但于保国会识一面，而于曾廉之事，裴村以死相救。呜呼，真古之人哉，古之人哉！与裴村未稔，故不能详记行谊，虽然，荦荦数端，亦可以见其概矣。

谭嗣同传

谭君字复生，又号壮飞，湖南浏阳县人。少倜傥有大志，淹通群籍，能文章，好任侠，善剑术。父继洵，官湖北巡抚。

幼丧母，为父妾所虐，备极孤孽苦，故操心危，虑患深，而德慧术智日增长焉。弱冠，从军新疆，游巡抚刘公锦棠幕府。

刘大奇其才，将荐之于朝，会刘以养亲去官，不果。自是十年，来往于直隶、新疆、甘肃、陕西、河南、湖南、湖北、江苏、安徽、浙江、台湾各省，察视风土，物色豪杰，然终以巡抚君拘谨，不许远游，未能尽其四方之志也。自甲午战事后，益发愤提倡新学，首在浏阳设一学会，集同志讲求磨厉，实为湖南全省新学之起点焉。时南海先生方倡强学会于北京及上海，天下志士，走集应和之。君乃自湖南溯江，下上海，游京师，将以谒先生，而先生适归广东，不获见。余方在京师强学会，任记纂之役，始与君相见，语以南海讲学之宗旨，经世之条理，则感动大喜跃，自称私淑弟子，自是学识更日益进。

时和议初定，人人怀国耻，士气稍振起，君则激昂慷慨，大声疾呼，海内有志之士，睹其丰采，闻其言论，知其为非常人矣。以父命就官为候补知府，需次金陵者一年，闭户养心读书，冥探孔、佛之精奥，会通群哲之心法，衍绎南海之宗旨，成《仁学》一书。又时时至上海与同志商量学术，讨论天下事，未尝与俗吏一相接，君常自谓作吏一年，无异入山。时陈公宝箴为湖南巡抚，其子三立辅之，慨然以湖南开化为己任。丁酉六月，黄君遵宪适拜湖南按察使之命，八月，徐君仁铸又来督湘学，湖南绅士某某等蹈厉奋发，提倡桑梓，志士渐集于湘楚。陈公父子与前任学政江君标，乃谋大集豪杰于湖南，并力经营，为诸省之倡。于是聘余及某某等为学堂教习，召某某归练兵，而君亦为陈公所敦促，即弃官归，安置眷属于其浏阳之乡，而独留长沙，与群志士办新政。于是湖南倡办之事，若内河小轮船也，商办矿务也，湘粤铁路也，时务学堂也，武备学堂也，保卫局也，南学会也，皆君所倡论擘画者，而以南学会最为盛业。设会之意，将合南部诸省志士，联为一气，相与讲爱国之理，求救亡之法，而先从湖南一省办起，盖实兼学会与地方议会之规模焉。地方有事，公议而行，此议会之意也；每七日大集众而讲学，演说万国大势及政学原理，此学会之意也。于时君实为学长，任演说之事，每会集者千数百人，君慷慨论天下事，闻者无不感动，故湖南全省风气大开，君之功居多。

今年四月，定国是之诏既下，君以学士徐公致靖荐，被征，适大病不能行，至七月乃扶病入觐，奏对称旨，皇上超擢四品卿衔军机章京，与杨锐、林旭、刘光第，同参预新政，时号为军机四卿。参预新政者，犹康、宋之参知政事，实宰相之职也。皇上欲大用康先生，而上畏西后，不敢行其志。数月以来，皇上有所询问，则令总理衙门传旨；先生有所陈奏，则著之于所进呈书之中而已。自四卿入军机，然后皇上与康先生之意始能少通，锐意欲行大改革矣，而西后及贼臣忌益甚，未及十日，而变已起。

初，君之始入京也，与言皇上无权、西后阻挠之事，君不之信，及七月二十七日，皇上欲开懋勤殿设顾问官，命君拟旨，先遣内侍捧历朝圣训授君，传上言谓康熙、乾隆、咸丰三朝，有开懋勤殿故事，令查出引入上谕中，盖将以二十八日亲往颐和园请命西后云。君退朝，乃告同人曰："今而知皇上之真无权矣。"至二十八日，京朝人咸知懋勤殿之事，以为今日谕旨将下，而卒不下，于是益知西后与帝之不相容矣。

二十九日，皇上召见杨锐，遂赐衣带诏，有"联位几不保，命康与四卿及同志速设法筹救"之语，君与康先生捧诏恸哭，而皇上手无寸柄，无所为计。时诸将之中，惟袁世凯久使朝鲜，讲中外之故，力主变法，君密奏请皇上结以恩遇，冀缓急或可救助，词极激切。八月初一日，上召见袁世凯，特赏侍郎，初二日复召见，初三日夕，君径造袁所寓之法华寺，直诘袁曰："君谓皇上如何人也？"袁曰："旷代之圣主也。"君曰："天津阅兵之阴谋，君知之乎？"袁曰："然，固有所闻。"君乃直出密诏示之曰："今日可以救我圣主者，惟在足下，足下欲救则救之。"又以手自抚其颈曰："苟不欲救，请至颐和园首仆而杀仆，可以得富贵也。"袁正色厉声曰："君以袁某为何如人哉？圣主乃吾辈所共事之主，仆与足下，同受非常之遇，救护之责，非独足下，若有所教，仆固愿闻也。"君曰：

"荣禄密谋，全在天津阅兵之举，足下及董、聂三军，皆受荣所节制，将挟兵力以行大事。虽然，董、聂不足道也，天下健者，惟有足下。若变起，足下以一军敌彼二军，保护圣主，复大权，清君侧，肃宫廷，指挥若定，不世之业也。"袁曰：

"若皇上于阅兵时疾驰入仆营，传号令以诛奸贼，则仆必能从诸君子之后，竭死力以补救。"君曰："荣禄遇足下素厚，足下何以待之？"袁笑而不言，袁幕府某曰："荣贼并非推心待慰帅者，昔某公欲增慰帅兵，荣曰：'汉人未可假大兵权。'盖向来不过笼络耳。即如前年胡景桂参劾慰帅一事，胡乃荣之私人，荣遣其劾帅，而己查办昭雪之以市恩。既而胡即放宁夏知府，旋升宁夏道，此乃荣贼心计险极巧极之处，慰帅岂不知之？"君乃曰："荣禄固操、莽之才，绝世之雄，待之恐不易易。"袁怒目视曰："若皇上在仆营，则诛荣禄如杀一狗耳。"因相与言救主之条理甚详，袁曰："今营中枪弹火药，皆在荣贼之手，而营哨各官，亦多属旧人，事急矣，既定策，则仆须归营，更选将官，而设法备贮弹药，则可也。"乃丁宁而去。时八月初三夜漏三下矣。至初五日，袁复召见，至初六日，变遂发。

时余方访君寓，对坐榻上，有所擘画，而抄捕南海馆之报忽至，旋闻垂帘之谕，君从容语余曰："昔欲救皇上，既无可救；今欲救先生，亦无可救，吾已无事可办，惟待死期耳！

虽然，天下事知其不可而为之，足下试入日本使馆谒伊藤氏，请致电上海领事而救先生焉。"余是夕宿于日本使馆。君竟日不出门以待捕者，捕者既不至，则于其明日入日本使馆，与余相见，劝东游，且携所著书及诗文辞稿本数册，家书一箧托焉，曰："不有行者，无以图将来；不有死者，无以酬圣主。

今南海之生死未可卜，程婴、杵臼，月照、西乡，吾与足下分任之。"遂相与一抱而别。初七八九三日，君复与侠士谋救皇上，事卒不成。初十日，遂被逮。被逮之前一日，日本志士数辈，苦劝君东游，君不听，再四强之，君曰："各国变法，无不从流血而成，今中国未闻有因变法而流血者，此国之所以不昌也。有之，请自嗣同始。"卒不去，故及于难。君既系狱，题一诗于狱壁曰："望门投宿思张俭，忍死须臾待杜根，我自横刀向天笑，去留肝胆两昆仑。"盖念南海也。以八月十三日斩于市，春秋三十有三。就义之日，观者万人，君慷慨神气不少变。时军机大臣刚毅监斩，君呼刚前曰："吾有一言。"

刚去不听，乃从容就戮。呜呼，烈矣！

君资性绝特，于学无所不窥，而以日新为宗旨，故无所沾滞，善能舍己从人，故其学日进，每十日不相见，则议论学识必有增长。少年曾为考据、笺注、金石刻镂、诗古文辞之学，亦好谈中国古兵法，三十岁以后，悉弃去。究心泰西天算、格致、政治、历史之学，皆有心得。又究心宗教，当君之与余初相见也，极推崇耶子氏兼爱之教，而不知有佛，不知有孔子，既而闻南海先生所发明《易》《春秋》之义，穷大同太平之条理，体乾元统天之精意，则大服。又闻华严性海之说，而悟世界无量，现身无量，无人无我，无去无住，无垢无净，舍救人外更无他事之理。闻相宗识浪之说，而悟众生根器无量，故说法无量，种种差别，与圆性无碍之理，则益大服。自是豁然贯通，能汇万法为一，能衍一法为万，无所罣碍，而任事之勇猛亦益加。作官金陵之一年，日夜冥搜孔、佛之书，金陵有居士杨文会者，博览教乘，熟于佛故，以流通经典为己任。君时时与之游，因得遍窥三藏，所得日益精深。其学术宗旨，大端见于《仁学》一书，又散见于与友人论学书中。所著书《仁学》之外，尚有《寥天一图文》二卷，《莽苍苍斋诗》二卷，《远遗堂集外文》一卷，《兴算学议》一卷，已刻。《思纬吉凶台短书》一卷，《壮飞楼治事》十篇，《秋雨年华馆丛脞书》四卷，《剑经衍葛》一卷，《印录》一卷，并《仁学》皆藏于余处。又政论数十篇，见于《湘报》者，及与师友论学论事书数十篇，余将与君之石交某某等共搜辑之，为谭浏阳遗集若干卷。其《仁学》一书，先择其稍平易者，附印《清议报》中，公诸世焉。君平主一无嗜好，持躬严整，面棱棱有秋肃之气。无子女。妻李闰，为中国女学会创办董事。

论曰：复生之行谊磊落，轰天撼地，人人共知，是以不论，论其所学：自唐、宋以后，呫毕小儒，徇其一孔之论，以谤佛毁法，固不足道，而震旦末法流行，数百年来，宗门之人，耽乐小乘，堕断常见，龙象之才，罕有闻者，以为佛法皆清净而已，寂灭而已。岂知大乘之法，悲智双修，与孔子必仁且智之义，如两爪之相印。惟智也，故知即世间即出世间，无所谓净土，即人即我，无所谓众生，世界之外无净土，众生之外无我，故惟有舍身以救众生。佛说："我不入地狱，谁入地狱？"孔子曰："吾非斯人之徒与而谁与？天下有道，丘不与易。"故即智即仁焉。既思救众生矣，则必有救之之条理，故孔子治《春秋》，为大同小康之制，千条万绪，皆为世界也，为众生也，舍此一大事，无他事也。华严之菩萨行也，所谓誓不成佛也，《春秋》三世之义，救过去之众生，与救现在之众生，救现在之众生，与救将来之众生，其法异而不异；救此土之众生，与救彼土之众生，其法异而不异；救全世界之众生，与救一国之众生，救一人之众生，其法异而不异：此相宗之唯识也。因众生根器各各不同，故说法不同，而实法无不同也。既无净土矣，既无我矣，则无所希恋，无所罣碍，无所恐怖，夫净土与我且不爱矣，复何有利害毁誉称讥苦乐之可以动其心乎？故孔子言不忧不惑不惧，佛言大无畏，盖即仁即智即勇焉。通乎此者，则游行自在，可以出生，可以入死，可以仁，可以救众生。

忧国与爱国

有忧国者，有爱国者。爱国者语忧国者曰：汝曷为好言国民之所短？曰：吾惟忧之之故。忧国者语爱国者曰：汝曷为好言国民之所长？曰：吾惟爱之之故。忧国之言，使人作愤激之气，爱国之言，使人厉进取之心，此其所长也；忧国之言，使人堕颓放之志，爱国之言，使人生保守之思，此其所短也。朱子曰："教学者如扶醉人，扶得东来西又倒。"用之不得其当，虽善言亦足以误天下。为报馆主笔者，于此中消息，不可不留意焉。

今天下之可忧者，莫中国若；天下之可爱者，亦莫中国若。吾愈益忧之，则愈益爱之；愈益爱之，则愈益忧之。既欲哭之，又欲歌之。吾哭矣，谁欤踊者？吾歌矣，谁欤和者？

日本青年有问任公者曰：支那人皆视欧人如蛇蝎，虽有识之士亦不免，虽公亦不免，何也？任公曰：视欧人如蛇蝎者，惟昔为然耳。今则反是，视欧人如神明，崇之拜之，献媚之，乞怜之，若是者，比比皆然，而号称有识之士者益甚。

昔惟人人以为蛇蝎，吾故不敢不言其可爱；今惟人人以为神明，吾故不敢不言其可嫉。若语其实，则欧人非神明、非蛇蝎，亦神明、亦蛇蝎，即神明、即蛇蝎。虽然，此不过就客观的言之耳。若自主观的言之，则我中国苟能自立也，神明将奈何？蛇蝎又将奈何？苟不能自立也，非神明将奈何？非蛇蝎又将奈何？

国权与民权

今天下第一等议论，岂不曰国民乎哉？言民事者，莫不瞋目切齿怒发曰：彼历代之民贼，束缚驰骤，磨牙吮血，以侵我民自由之权，是可忍孰不可忍！言国事者，莫不瞋目切齿怒发曰：彼欧美之虎狼国，眈眈逐逐，鲸吞蚕食，以侵我国自由之权，是可忍孰不可忍！饮冰子曰：其无尔，苟我民不放弃其自由权，民贼孰得而侵之？苟我国不放弃其自由权，则虎狼国孰得而侵之？以人之能侵我，而知我国民自放自弃之罪不可逭矣，曾不自罪而犹罪人耶？昔法兰西之民，自放弃其自由，于是国王侵之，贵族侵之，教徒侵之，当十八世纪之末，黯惨不复睹天日。法人一旦自悟其罪，自悔其罪，大革命起，而法民之自由权完全无缺以至今日，谁复能侵之者？

昔日本之国，自放弃其自由权，于是白种人于交涉侵之，于利权侵之，于声音笑貌一一侵之，当庆应、明治之间，局天蹐地于世界中。日人一旦自悟其罪，自悔其罪，维新革命起，而日本国之自由权完全无缺以至今日，谁复能侵之者？然则民之无权，国之无权，其罪皆在国民之放弃耳，于民贼乎何尤？于虎狼乎何尤？今之怨民贼而怒虎狼者，盍亦一旦自悟自悔而自扩张其固有之权，不授人以可侵之隙乎？不然，日日瞋目切齿怒发胡为者？

135

上袁大总统书

大总统钧鉴：前奉温谕，冲挹之怀，悱挚之爱，两溢言表。私衷感激，不知所酬，即欲竭其愚诚，有所仰赞，既而复思简言之耶，不足以尽所怀；详言之耶，则万几之躬似不宜晓渎，以劳清听。且启超所欲言者，事等于忧天，而义存于补阙，诚恐不蒙亮察，或重咎尤，是用呿笔再三，欲陈辄止。会以省亲南下，远暌国门，瞻对之期，不能预计，缅怀平生知遇之感，重以方来世变之忧，公义私情，两难悐默，故敢卒贡其狂愚，惟大总统垂察焉。

国体问题已类骑虎，启超良不欲更为谏沮，益蹈愆嫌。惟静观大局，默察前途，愈思愈危，不寒而栗。友邦责言，党人构难，虽云纠葛，犹可维防，所最痛忧者，我大总统四年来为国尽瘁之本怀，将永无以自白于天下，天下之信仰自此隳落，而国本即自此动摇。传不云乎："与国人交，止于信。"

信立于上，民自孚之，一度背信，而他日更欲有以自结于民，其难犹登天也。明誓数四，口血未干，一旦而所行尽反于其所言，后此将何以号令天下？民将曰，是以义始，而以利终，率其趋利之心，何所不至，而吾侪更何所托命者？夫我大总统本无利天下之心，启超或能信之，然何由以尽喻诸逖听之小民？大总统高拱深宫，所接见者惟左右近习将顺意旨之人，方且饰为全国一致拥戴之言，相与徼功取宠。而岂知事实乃适相反。即京朝士夫燕居偶语，涉及兹事，类皆出以嘲谐轻噱，而北京以外之报纸，其出辞乃至不可听闻。山陬海澨，闾阎市廛之氓，则皆日皇皇焉，若大乱之即发于旦夕。夫使仅恃威力而可以祚国也，则秦始、隋炀之胤，宜与天无极；若威力之外犹须恃人心以相维系者，则我大总统今日岂可瞿然自省，而毅然自持也哉？

　　或谓既张皇于事前，忽疑沮于中路，将资姍笑，徒损尊严。不知就近状论之，则此数月间之营营扰扰，大总统原未与闻，况以实录证之，则大总统敝屣万乘之本怀，既皦然屡矢于天日，今践高洁之成言，谢非义之劝进，盖章盛德，何嫌何疑！或又谓兹议之发，本自军人，强拂其情，惧将解体。

　　启超窃以为军人服从元首之大义，久已共明，夫谁能以一己之虚荣，陷大总统于不义？但使我大总统开诚布公，导之轨物，义正词严，谁敢方命！若今日以民国元首之望，而竟不能辍陈桥之谋，则将来虽以帝国元首之威，又岂必能弭渔阳之变？倒阿授柄，为患且滋，我大总统素所训练蓄养之军人，岂其有此。昔人有言，凡举事无为亲厚者所痛，而为见仇者所快。今也水旱频仍，殃灾洊至，天心示警，亦已昭然；重以吏治未澄，盗贼未息，刑罚失中，税敛繁重，祁寒暑雨，民怨沸腾。内则敌党蓄力待时，外则强邻狡焉思启。我大总统何苦以千金之躯，为众矢之鹄，舍磐石之安，就虎尾之危，灰葵藿之心，长崔苻之志？启超诚愿我大总统以一身开中国将来新英雄之纪元，不愿我大总统以一身作中国过去旧奸雄之结局；愿我大总统之荣誉与中国以俱长，不愿中国之历数随我大总统而斩。是用椎心泣血，进此最后之忠言，明知未必有当高深，然心所谓危而不以闻，则其负大总统也滋甚。见见知罪，惟所命之。

抑启超犹有数言欲忠告于我大总统者：立国于今世，自有今世所以生存之道，逆世界潮流以自封，其究必归于淘汰，愿大总统稍捐复古之念，力为作新之谋。法者上下所共信守，而后能相维于不敝者也，法令一失效力，则民无所措手足，而政府之威信亦隳。愿大总统常以法自绳，毋导吏民以舞文之路。参政权与爱国心关系至密切，国民不能容喙于政治，而欲其与国家同体休戚，其道无由！愿大总统建设真实之民意机关，涵养自由发抒之舆论，毋或矫诬遏抑，使民志不伸，翻成怨毒。中央地方犹枝与干，枝条尽从彫悴，本干岂能独荣？

愿大总统一面顾念中央威权，一面仍留地方发展之余地。礼义廉耻，是谓四维，四维不张，国乃灭亡。使举国尽由妾妇之道，威逼利诱，靡然趋炎，则国家将何以与立？愿大总统提倡名节，奖励廉隅，抑贪竞之鄙夫，容骨鲠之善类，则国家元气不尽销磨，而缓急之际犹或有恃矣。

以上诸节，本属常谈，以大总统之明，岂犹见不及此？顾犹拳拳致词者，在启超芹曝之献，未忍遏其微诚；在大总统药石之投，应不厌于常御。伏维采纳，何幸如之。去阙日远，趋觐无期，临书悯怆，墨与泪俱。专请钧安，尚祈慈鉴。